母の憶《おも》い、大待宵草《おおまつよいぐさ》

よき人々との出会い

古川佳子
FURUKAWA YOSHIKO
田中伸尚［跋］

白澤社

※本書は、反天皇制市民1700ネットワークの機関誌『反天皇制市民1700』の連載記事、古川佳子「よき人々との出会い」全十五回（二〇〇九年十二月号〜二〇一七年七月号）を収録したものである。なお、単行本化にあたって読みやすさを考慮し、見出しを含む本文の加筆、修正等を行なった。（編集部）

はじめに

卒寿を越えた私が、長く生きてしみじみ思うのは「よき出会い」を得たこと。かけがえのない「お宝」で満たされているから私はしあわせ者である。

出会いの最初は先ず父母、次いで夫となった人、それから後は「箕面忠魂碑違憲訴訟《みのおちゅうこんひ》」を始めた前後から今日に至るまで、どれほど多くの人々に学び、そして励まされてきたことか！　生来内気で幼いころはいつも母の袂《たもと》の陰にかくれていたし、女学生になっても、お喋りの群れになかなか入れないような変な子だった。そんな私が「お宝」と出会えたのは、一にも二にも国家権力を相手とする裁判や運動に関わったからにほかならない。

私が「お宝」に出会ったきっかけとなった裁判や運動について、ご存じない方もおられるだろうが、各章の話に織り込まれている「前史」によって追々おわかりいただけるとして、ここでの説明はしないでおく。

出会いについて、あとの第七章に登場する伊藤ルイさんは、著書『必然の出会い』（記録社）に次のように書いている。

出会いは不思議なほど人をつないでいる。その出会いを考えてみれば、そこに「必然」があったことがわかる。その必然とは、それぞれの人のもつ「前史」である。

そしてその「前史」とは、ほとんどがなんらかの困難を乗り越えてきた、あるいは乗り越えようとしているという共通項をもつ。

一を語れば十が伝わる、そういう仲である。そういう仲になれる友と出会うには、日々がその「前史」を編みつづけていなければならぬし、出会った佳き友との絆をより強くしていくのも、更なる「前史」を高めていってこそ実現できることである。

現に私も、大杉栄を父に、伊藤野枝を母とする稀有な女性伊藤ルイさんと、共通項をもつ「前史」によって出会えたのだと深く頷くのである。

この本は、反天皇制市民1700ネットワーク*が年二回出している機関誌に連載した「よき人々との出会い」十五回分をまとめたものである。同誌に「靖国合祀イヤです訴訟」の弁護団長であった井上二郎さんが（二〇一三年四月十八日逝去）、十三回にわたって「自伝的反天皇制論」を書かれたのだが、編集部から突然「古川さん、この次の号から連載よろしくね」の申入れがあった。目を白黒させて拒絶する私に、「自分史のようなものを気楽ぅーに」とのたまう。ぬるま湯的生活をふり返ってみて波瀾万丈《はらんばんじょう》、劇的な人生なんてなかった私だけれど、かねてから、得難い出会いを書きとめておきたいという気持ちはあった。しかし光陰矢《こういんや》の如し、年を経るばかりでなかなか実現に至らなかった。私は、「反天皇、反靖国の裁判を長くやったお陰で素敵な出会いがたくさんあったから、それを書いておきたい気はあるのだけれど、なかなか書けないのよ」というと、編集子が「それで決まり！　テーマは『よき人々との出会い』でいきまっしょう」と、押し切られてしまった。これが、連載をはじめた発端である。

手紙を書くのは苦にならないが、もとより無才の私。「話す」と「書く」とは大違い。わが両親のことからでも書き始めれば何とかなるだろうと肚を決めた。このようにして同誌第二七号から父と母と夫を五回も書いた（本書第一章〜第四章）。同誌愛読者から「身内のことばっかり⁉」と、顰蹙《ひんしゅく》を買ってるかも、と思いながら。

与えられたテーマの「よき人々との出会い」が本番に入ったのは第三二号からで、作家の松下竜一さん（第五章）、「箕面忠魂碑違憲訴訟」の神坂哲《さとし》、玲子さん（第六章）を書いた。この両者との出会いが、四十九歳からの私の人生を、思いもよらない方向へと導いた大黒柱である。

もともと私の根っ子にあったのは二人の兄の戦死であり、国家の暴力を見据えて〈是れに増す悲しき事の何かあらん亡き児二人を返せ此の手に〉と、天皇の戦争責任を生涯思い続けた母の憤怒であった。

次に登場する伊藤ルイさん（第七章）は、松下竜一さんが『ルイズ――父に貰いし名は』を出版した後を引きつぐように、四冊の本を出された。その一冊に冒頭に引用した『必然の出会い』があり、私は私なりの「前史」をひもときつつ、あまりにも偉大なルイさんに圧倒されながら彼女のことを書いた。そして、短歌で出会った社会詠歌人三木原ちかさん（第八章）、戦死した兄と同じ部隊にいたことがわかった「戦死ヤアハレ」で始まる詩「骨のうたう」で知られる竹内浩三さん（第九章）、歌人の井上とし枝さん（第十章）と、有名／無名の「必然の出会い」の方たちのことを書いた。

私のひとりよがりかもしれない駄文にお付き合い下さる方々は、どうぞ御寛恕《ごかんじょ》のほどを。

※反天皇制市民1700ネットワーク――一九九〇年に約一七〇〇人が原告となった「即位の礼・大嘗祭」違憲訴訟が起こされた。大阪地裁を経て一九九五年三月、大阪高裁での控訴審で敗訴したものの、即位の礼・大嘗祭は憲法の政教分離違反の疑いありとの画期的判決を勝ち取った（『天皇制に挑んだ一七〇〇人――「即位の礼・大嘗祭」違憲訴訟の記録』（『即・大』いけん訴訟団・編著、緑風出版、参照）。その後、訴訟団事務局を中心に、原告数1700人を記念し名付けた「反天皇制市民1700ネットワーク」を結成。機関誌『反天皇制市民1700』を年二回発行するとともに、反天皇制、政教分離を求める活動を続けている。（編集部）

母の憶い、大待宵草——よき人々との出会い＊目次

第一章　父、小谷謙蔵のこと

私の生い立ち

私は豊能《とよの》郡大字石橋（旧称）で、一九二七（昭和二）年一月、小谷謙蔵《こたにけんぞう》、和子《かずこ》の五番目の子として生まれた。四キロを超える大きな赤ん坊で、母三十四歳、父四十四歳の子である。私の後に妹が二人生まれたが、第一子と第六子が夭逝《ようせい》したので五人きょうだいであった。戦争で兄が二人とも死んだので、戦後は姉と私と妹の三姉妹。母が亡くなったのは七四年に八十一歳で、父はそれから三年を生きて九十四歳であったから、親子の絆は深かったといえる。

私が生まれたのは、天皇裕仁が皇位についた直後であったから、私は、いわゆる純粋培養の〝昭和っ子〟で、敗戦までは天皇の「赤子《せきし》」であり「民草」とよばれた。戦争の最高責任者・昭和天皇が病没するまでの六三年間は、私の全人生にとってかなり重要な期間であった。いのちが「鴻毛《こうもう》」のように軽んじられた戦時にも、二人の兄が戦死したことを除いては、空襲や飢えに遭うこともな

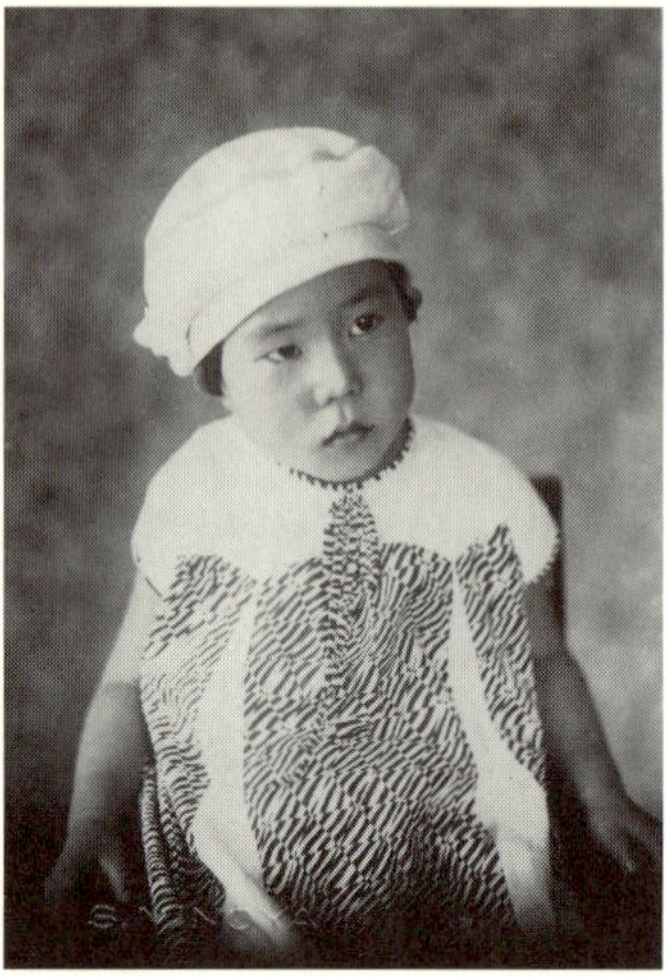

小谷佳子４歳（1931年８月）

く生きのびられたことは幸運であった。

私の人生を大きく二分割してみると、生まれた二七年から七五年までを家庭の人とすれば、七六年から後を家庭の外にも自分の居場所を見つけた人間だと言える。その境界線に位置するのは七六年二月に提訴した「箕面忠魂碑違憲訴訟」である。もし私がこの訴訟に原告として加わらなかったら、私はいまどのような境遇に在るのだろうか。生来引っ込み思案で出不精な私だから、絵を描き花を育て、読書三昧の静かな暮らしを楽しんでいるだろう。だとすれば、きっと今のような生き甲斐というか充実感は得られなかったかもしれない。二人の兄の戦死が、私の歩む道を変えたのである。

私が最初に出会ったひと

さて前半期に私が初めて出会ったのは父と母。その父とは五十年、母とは四十七年の長い親子付き合いがあったのに、私が生まれるまでの父母の経歴は断片的にしか知らない。とりわけ母に関してはほとんど知らない。話し上手な母であったから、尋ねれば生い立ちから成人までのこととか父と出会った頃のこととかを、まるで小説のように語ってくれたであろうと思うと残念でならない。観てきた映画や人との出会いを、それはそれは楽しそうに話す母であったから。

——いま、これをお読みのあなた、お父さんやお母さんがいらっしゃるなら、どうか貪欲に昔のハナシを聞いておいてくださいね。私のように後悔しないように。

父、小谷謙蔵のこと

父は一八八三（明治十六）年、兵庫県の丹波柏原《かいばら》で生薬と製油を営む旧家の七人きょうだいの長男として生まれた。屋号を「えびや」といい、代々、当主は与四郎と名のり父は五代目であった。祖父は、炭坑を経営したり立憲政党新聞を発刊したりしていたが、政界に私財を投げ尽してついに没落したという。父は中学卒業後、一橋高等商業学校を受験して失敗、翌年、新設の神戸高等商業学校に入ったが、家運の窮乏を知り退学し、一攫千金を夢見て上海に飛んだが不首尾に終わり、帰国して合同紡績社員となった。それらを詳らかに和綴じのノートに記している。

ほかに日記や雑記が二十冊ほど残っている。一九一五（大正四）年四月十一日に書き始めた日記は、上海で商売を試みた当時のもので、開いて見たが文字は行書や草書体でしかも内容が仕事のことばかりで、読みづらく全くお手あげである。この年、両親には第一子（夭逝）が生まれたのだが、母の話によると、出産が迫り父は急いで上海から帰国したが、ほとんど無一文で、母が親戚に借金に出向いたが断られた。ところがおばさんが裏口から走り出てきて、お金を渡してくれたので、

小谷謙蔵一家（1936年1月5日）
（左から、前列＝祖母・妹・祖父・佳子〔筆者〕・父 謙蔵
後列＝姉・母 和子・兄 博・兄 啓介）

ようやく産湯《うぶゆ》用のたらいを買ったんだよと昔を思い出しながら面白そうに話した。どうみても商才のない父が、「生き馬の目を抜く」ような上海で事業なんてできっこないのだ。父の弟は天津で裕興公司《ユウシンゴンス》という会社をおこして羽振りがよかったが敗戦後、身一つで日本に帰ってきて、権威が捨てきれないのか口ばかり威勢がよかった。

父のことをあまり書くつもりではなかったが、残した手記を読んでいると「ヘエ！」と思う箇所も多くて、もう少し書いてみよう。

父、和子と出会う

自分の心覚えの為なのか、私たちに読ませようとしたのか「自序略譜」と題した項は万年筆で割合読みやすく書いてある。

そこには「妻女撰定に就いて自己の主張」とあり、要約すると、「元来、己の妻は自選すると主張していたのだが、親は仲人口で嫁の候補を時々勧める。けれど自分は一切タッチしなかった。たまたま大阪の知人から『自分の新聞広告を見て突然福岡から一婦人が面接に来た。その婦人が言うには、私はかねてから企業に志あり、貴殿の広告で機械の購入とその用法が出ていたので、将来の仕事といたしたく突然ながら来阪した』という。年若い婦人の商談に応じ難く、他に紹介したい人があるので、一応会ってみたらと自宅に引きとめておいた」との知らせであった。それが、私の母となる和子だった。

その友人は、謙蔵が常々妻は九州人をと言っていたので会わせようとしたのである。

謙蔵は直ちに出かけたところ「見れば如何にも若い娘であり、風姿も卑しからず、一見したところ相当見どころもあり、面談するに従って何となく気分引かるるを覚えながら、その日の面談は終わった」。その後数日面談を重ねた末、将来の伴侶として試問した。その結果、一、感情性濃厚、二、頭脳明晰、記憶判明、三、経済的能力あり、四、交際に長け能弁、稍《やや》自惚れの傾向あり、五、文学、歴史に親しみ良師に付けば望みあり、六、数学的、速考にも脳《ママ〔能〕》なしとせず、七、熟慮、想像の才あり、と書いている。父と母は年が十歳違うので父は充分大人であったのだろう。

謙蔵は、自分は熱誠、持続性、勉励だが、欠点は思慮浅薄断行型であるから、その欠点を彼女が補ってくれるであろうと考えたのに違いない。

事の次第を父親に話したところ、翌朝父親は福岡および和子が養女として成長した山口に出かけて調査し、万事良好で結婚が決まった。そこで謙蔵は決意を述べる。

一、妻帯の責任は自己に存し、両親に迷惑をかけぬこと。
一、男女の同権を宣し、相互の扶助を終生のものたらしむることを約す。
一、仕度及び儀礼に就いては、本人等の同意のもと、一切を略す。

すべてに、何と革新的なことよ。観察された母和子の側から、この辺りの事をとっくりと聞きたかったと思う。母もじっくりと父を観察していたであろうから。

縁のすり切れた大形の繻子《しゅす》張りのアルバムに、叔父、叔母らの婚礼の写真はあるのに、私の両親のは何もない。一体どのような顛末だったのだろう。ノートの続きには、「滞りなく終了の喜びを挙げ、一同万々歳を唱う」とだけある。

結婚後の父の生涯

父は帰国後、入社した合同紡績で、今宮支店、住吉支店を東洋紡績に合併させて、「合併男」の異名をとり、名物男として『東洋紡績百年史』に名を残している。私が小学生から女学生へと成長するころで、東洋一とも言われた神崎工場では副工場長であった。そのころ、東洋紡は軍需の被服関係等で、工員は昼夜交代の操業。中国で綿花を栽培していたという。

東洋紡での父の最後の職場は、伊勢宇治山田工場に隣接して建てられた傷痍《しょうい》軍人練成工場で、そこの取締役として赴任、敗戦を期に退職した。六十二歳、二七年の勤務であった。退職金は旧圓で支給されたので、その直後新圓に換わったら情けないほどの額になったと母が言っていた。よくよくお金に縁のない父である。

伊勢では空襲に遭い、戦後三十年余りの間は母と二人で、戦死した息子を憶《おも》いながら、あちこち居を変え、最晩年は丹波の両親を迎えるため月賦で建てたのだという箕面の自宅で静かに九四年の生涯を閉じた。私は父の枕辺で冥途《めいど》への旅立ちの白い衣を縫いあげた。一九七七年三月十四日の夜であった。遺体は父の希望で献体した。

父母と箕面松林にピクニック（1930年夏）
左から母、筆者、兄 啓介、父、姉

先に述べた「自序略譜」の末尾に、「得たるものは只愛妻の外に何物もなく、失ったことの多きに驚くの外なし。国家の犠牲とは言え最愛の二男児を戦地に失ったことは終生の恨事として寸時も忘れ得ぬ大惨事で有った」と記している。

母があまりにも息子の戦死を怒り嘆き通したので、私は父の悲しみに思いが及ばなかった。だが父はノートに、十二月十九日博《ひろし》の祥月命日《しょうつきめいにち》に、として短歌二首を並べている。

悲しみは今尚尽きじ命日を独り籠りて在りし日偲ばゆ
忘れ得ぬ戦の場《にわ》に逝きし子と語る術なし面影に顕つ

傷心の妻を慰めることに心を砕いていた父の秘めた悲哀を知って、私は涙ぐみ父に詫びた。七六年二月、忠魂碑訴訟を始めたことを父に告げたら、「そうか、ご苦労じゃな、しっかり闘ってくれ」と私の眼を見つめて言った。

父は若い日、決意した通りに妻を愛し、男女同権に徹した。無欲恬淡《むよくてんたん》、高潔な生涯であった。

父の法名

父と母は若いころから、戒名とか年忌とかにあまり囚われない人のようであった。

母が亡くなった時、父は九十一歳を過ぎていたが、大きめの白木の位牌に「釋尼小谷和子霊」と、味のある筆文字を遺している。六〇年の余を慈しんだ妻の名を、どのような思いで書いたのであろうか。

最愛の妻を失う、と前書して短冊に一首をしたためている。

あえなくも散りにし花をまだしとも思えば今もわれはさみしき

そこで父の場合、私にはかねてからの腹案があった。私の祖父や父の末弟は芸術家肌で彫刻や書画を遺しているが、父も常に硯箱を手元に置いて日常茶飯事として書や絵をかきながしていた。晩年の父は人物を漫画風に描いて孫たちに送ったり、風景や達磨《だるま》さんを描いたりしていた。

達磨は、九年間壁に面して座り、悟りを開いたといわれるが、父は「悟り」と題する自作の格言に「気にすまい　気にしないこそ悟りなり　悟りの果てぞ軈《やがて》極楽」と書いている。少しでも達磨さんに近付きたいというのが父の願望だと私は見ていた。終生、争いごとを好まず不言実行を貫いた父ではあったが、長い生涯、波風の立つことや凡夫の苦しみがあっただろうから、晩年において達磨さんに惹かれたのはいかにもと思えた。

「達」は、道がどこまでも通じるという意を表わし、達観、達筆、熟達などすべてよいことずくめである。「達磨」を好んだ父にふさわしい法名の文字が先ず一つ決まった。

父の名、謙蔵の「謙」はへりくだるという意味であり、謙虚、謙譲はまるで父の生き方のようではないか。そうだ「謙達」にしよう。父の人格そのものの、法名を思いついて私は嬉しかった。夫に話すと「とてもいいねえ」と喜んでくれた。

父が亡くなり、丹波柏原《たんばかいばら》の明顕寺《みょうけんじ》に、私の独断ですがと「謙達」を示したところ、「仰せの通りよい御法名です」と快諾された。そして先祖伝来のうるし塗りの過去帳に「釋謙達霊」と、見事な書体で書いてもらった。

ところで、わが家には両親をはじめ私が保存してきた少なからぬ書簡類があって、この連載にあたり私の記憶をよび戻すよすがになれば、と思って押し入れからそれらの束を取り出したのだった。夥《おびただ》しい束の中からつまみ出した二、三通の中に一九七七年七月二十七日付、横浜の叔母から私宛の封書があった。それには父の法名にふれた箇所があって、おやまあと驚いた。その叔母も故人となって早十五年、追憶の風景は茫々《ぼうぼう》として私を過去へひき戻し、そうだ、父の法名のことを書き足しておかなければと思いついたわけである。

その手紙には「……何はともあれ骸となって科学の為に己の身を捧げられた（献体のこと）兄上の立派さに頭が下がり『謙達』とつけられた貴女の思いつきはよかったですね。達磨は『志を大乗におき心を虚寂に冥す』といいますが、達磨の達、兄はすべてをことあげせず静かに平和なる生活の自ら現ずるように、一生を他人のことを思い祈られた御生活、達磨に通ずるものがありますね。本当によいお名前です……」。

この叔母高橋ヨシ子さんは、母の弟の後妻である。先妻のトキさんが五番目の子を産んで直ぐ亡くなった後へ、高等師範の教諭で独身の彼女が職を辞めて叔父と結婚、俄《にわか》に五人の子の母となった人である。三十五歳くらいであったと思う。先妻のトキさんは生まれた子に和子と名付けたくらい私の母を慕い、私たちいとこ同士は両家の間をよく行き来したものであった。

なお、この結婚には私の母が大役を買っていて、お見合いの時叔父は、「姉さんがよいと言うなら決める」と言い、ヨシ子さんの方は、母と話すうちに「この人の弟さんなら……」という、まるで作りばなしのようないきさつがあって縁談がとんとん進んだというのである。

ヨシ子叔母は母の誘いで短歌会に入り、後に横浜に移ってからは再び女子短大の教員をつとめながら五人の子を育んだ。四〇歳を過ぎて男児に恵まれたが、先天性心臓疾患で十歳で昇天した。叔父は気むずかしい人であったが、老後は謡や俳句を叔母に勧められて二人で楽しんだ。私の父母と叔母は信頼し合える義兄妹で、私にとっては眩しいような素敵な女性であった。いまも時々思い出すいい声の叔母は、よき出会いの一人であった。

第二章　母、小谷和子のこと

和子の生い立ち

母和子、戸籍名清輔《きよすけ》カズは一八九三（明治二十六）年五月十七日、大分県宇佐郡宇佐町に清輔太《た》左衛門《ざえもん》、トミの六人兄妹の長女として生まれた。

死去したのは、一九七四年六月十七日、八一年一カ月の生涯を箕面の自宅で終えた。

清輔家は天領庄屋という家格《かかく》であったが、家産は傾いていた。祖父岸原平左衛門は宇佐神宮の宮大工の棟梁であった。宇佐神宮拝殿の脇の大きな手洗鉢は清輔家の遠祖によって奉納された。

カズは七歳の頃、トミの実家である御幡《おばた》家の養女となる。ここも大庄屋であったが、すでに逼塞《ひっそく》していた。山口の小学校で神童と言われた利潑な孫を祖父は溺愛した。私は母から養父母の話を聞いた記憶はないのだけれど、幼い頃から「山口のおじいさんは生き仏さんと言われた人だった。お仏壇を拝むときは、おじいさんにもご挨拶をしなさいよ」と教えられた。

母和子、少女の頃

そのような祖父や養父母の話とか、母が成人するまでを暮らした山口での事を、わたしはなぜ母に尋ねなかったのかと悔やまれてならない。大抵は子が親に聞かないから親の方はそういうことを話す機会を逸してしまうものだと、今の自分を省みて思うのである。

母の話で覚えているのは、「山口へ貰われていく時、お母さんと別れるのが悲しかったけれど、兄さんが赤い鼻緒の下駄を買ってくれて、若松の船着き場まで送ってくれた」ことと、山口の素封家《そほうか》である安部家に預けられて、女主人の市子さんに家事や行儀作法をきびしく仕込まれた、ということくらいである。

古い繻子張りのアルバムに安部家の写真が五枚、その中の一枚は十四歳のカズが二歳下の子息の啓造さんと庭で一緒に写っている。いくら安部家で優遇されたといっても、蝶よ花よと愛育されている令嬢や令息を、実母の愛を知らぬカズはどのようにみていたのであろうか。

母が亡くなってから、私は福岡に住む妹のくり子叔母に電話で母のことを尋ねた。叔母は「姉さんを山口に養女にやってから後、母は毎日泣いて姉さんのことばっかり言うので、私は姉さんを妬んで憎んだ」とか、母がどのような教育を受けたのかと問うと、「多分高等教育は受けなかったと思うが、学校へ上がった友だちと仲良くて、その人たちに負けないほど、勉強したそうだ」という。私は母が高等教育を受けたものと思いこんでいたのでその話は意外であった。アルバムには母が友人らしい二人と山口の写真館で写したのが二枚貼ってあって、何かの記念に撮ったらしい。実父太左右衛門は母が十二歳の頃病没、母トミはくり子を連れて再婚したし、兄も福岡に移住したので、母には帰る故郷が無くなったのであった。祖父に愛されたとはいえ、実の父母や兄妹たちと離された和子の内心には孤独が染みついていた。母は山頭火や良寛にあこがれていたし、若山牧水の短歌、

幾山河越えさり行かば　寂しさのはてなん国ぞ今日も旅ゆく
白鳥はかなしからずや　空の青海のあおにも染まずただよふ

を、自分流の節をつけてよく歌っていた。十六、七歳で一度大阪へ出たらしいがその間の事情は不明である。明治末年という時代を考えれば気丈な娘だったのだろう。それは母の生来のものでもあっただろうが、異郷の人々の中で生きる厳しさによって備わったのではなかっただろうか。

私は、伊藤ルイさんと親しくなってから気付いたのだが、私の父が一八八三年に生まれた二年後に大杉栄が生まれ、母が一八九三年に生まれた二年後に伊藤野枝が生まれている。明治維新を経て大日本帝国、天皇制軍国主義が着々と固められていた時代である。東京九段の招魂社が靖国神社と

改称されたのは一八七九（明治十二）年であった。日本が韓国を強占（併合）したのは一九一〇年で、その年、父は二十七歳、母は十七歳であった。

一九一一年には冤罪事件であった大逆事件の被告二十四人に死刑判決が出て、そのうち幸徳秋水ら十二名に刑が執行された。この死刑執行に反対して各国社会主義者による抗議が集中したのである。

またこの年、西田幾多郎『善の研究』が刊行され、平塚らいてうら青鞜発起人会が『青鞜』を創刊、伊藤野枝は一五年にらいてうから『青鞜』を引継ぎ、一六年の無期休刊まで編集者をつとめた。母の本棚に多くの歌集に混じって河上肇の『第二貧乏物語』があって、私はへェーと異様な感じがしたものである。しかし父や母の青年期は奔流のような天皇制国家・国民の建設と、それを危ぶむ人々の激しい抵抗や、女性の社会への目覚めも著しい時代であった。

前章で父について書いたなかで、若い娘の和子が、一人で大阪へ出てきて何かの事業を始めようとしていたこと、そこで父謙蔵と出会い結婚したといういきさつを述べた。私が知る母にそのような事業家肌のところは見られなかったけれど、世の中の出来事に常に好奇心の強かった母が青鞜の女性たちのことなど、当時の社会状況に関心が無かったはずはないと思う。

伊藤ルイさんが、母和子の遺した日録や短歌を見て熱い思いを持たれたのは、双方の親たちがただならぬ時代に生きていたのだという歴史観と親近感があったのかもしれない。その生き方は桁違いではあったけれど。実際、ルイさんに勧められて、作家松下竜一さんは母を主人公にした『憶ひ続けむ――戦地に果てし子らよ』（筑摩書房、一九八四年）を執筆、刊行した。

山口市で娘時代の母を恋う

二〇〇〇年六月、私は自衛官合祀拒否訴訟の不当判決十二周年抗議集会に招かれて山口市を訪ねた。母が娘時代を過ごした地であると思うと、いい知れぬ懐かしさがこみあげてきた。開会までに時間があったので、一の坂川を散策した。両岸には春は桜、初夏には源氏ボタルが飛び交うという優しい川のほとりを遡れば親愛教会があって、ああ、ここが中谷康子さん〔公務中に殉死した自衛官だった夫・中谷氏の護国神社への合祀拒否を求めた訴訟、「自衛官合祀拒否訴訟」の原告。――編集部〕が通った教会、あの有名な訴訟の拠点となった教会だと思うとひとしお感慨深かった。

北に足を伸ばせば瑠璃光寺《るりこうじ》の国宝五重塔が美しい姿を見せるこの辺りを、きっと母は好んで歩いたであろうと、その幻影を追いながら行きつ戻りつした。川辺の石の上を這う蛇を見てさえも、母が巳年であったのを思い出して、「あらまあ、お母さんが私に会いに見えた」と思ったほどの母恋しいひとときであった。

その後、山口県立美術館の特設展示室で、念願の香月泰男《かづきやすお》〔一九一一・七四。洋画家、山口県三隅村久原（現長門市三隅）生まれ。一九四三年四月に召集され満州に配属、敗戦後シベリアに抑留され、四七年に帰国。代表作は、シベリア抑留を描いた「シベリア・シリーズ」（山口県立美術館蔵）。三隅には、香月泰男美術館がある。――編集部〕のシベリア・シリーズを見ることができた。

国家に見捨てられた兵の悲しみと、望郷の念が描かれている暗い絵を心に刻みつけた。下の兄博が南溟《なんめい》に沈まなかったとしても旧満州（中国東北部）で敗戦を迎えていたら、シベリアの凍土で果てたかもしれないと思いながら。

父、箕面に家を建て老親を迎う

母が結婚したのは一九一三（大正二）年で二十歳であった。はじめに生まれた男児は一歳九カ月で病死。一七年に啓介《けいすけ》が生まれ、二〇年に博が大阪市北区天満橋で生まれた。二三年にはじめての女児が出生。次女の私は二七年一月、今の池田市石橋に新築した家で母三十四歳の出産。二九年に三女が生まれたが事故死。私が入れ替わりたいと思うくらい愛らしい写真が残っている。そして満州事変の三一年に四女を生んだのは、母が三十八歳の時であった。七人の子に恵まれ五人育ったが、兄は二人とも戦死したので、戦後は三人の娘だけが残った。

父と母が石橋から箕面に家を建て直したのは昭和二年で、丹波で没落、家を失った老親を迎えるためであった。箕面は北摂《ほくせつ》の山に接し、役行者《えんのぎょうじゃ》が開いたといわれる滝からの流れに蛍がとび河鹿《かじか》が鳴く風雅の趣きが、老父母の安住の地にふさわしいと考えてのことであり、はたして祖父は彫刻や書に親しみ、畑作物を育て、祖母は雛から鶏を飼い、味噌や梅干しを大樽に漬けて子らに配り、年の暮れには餅搗《もちつ》きで賑わう余生を楽しんだ。

宅地に整備された東洋紡の所有地、箕面村紅葉ヶ丘に最初に家を建てたのは、父の二階屋と、末弟信蔵叔父の平屋の二軒だけで、叔父の設計による当時としてはなかなか斬新なつくりであった。築八〇年余の古屋には今も私が住んでいるが、私は四、五歳までここで育って、後の十年余りは東洋紡の社宅住まいであった。信蔵叔父が写していた写真に、山につづく植木畑や、積雪の野につくねんと佇《たたず》む幼い私を見ることができる。今は雪が降ることさえ稀になったのに。

母、短歌会「芦の葉」に入る

母が本格的に短歌を始めたのは一九三二年初めと思われる。遺された歌集第二輯は三一年で、それに母の歌はないが、一緒に綴られている第三輯には母の歌が入っている。

『あしの葉』第二輯の編集後記が、この歌会の性格を表わしている。「芦の葉会が生まれて満二年余り、懇篤なる花田先生のご指導のもとに毎月一回の休みもなく緩やかながら撓《たゆ》まぬ歩みを続け……」とあり、目を惹くのは「歌の順序は第一回のイロハ順を今度は逆にしました。ページはすべて平等に一人一ページとし、他の会のように歌の巧拙入会の新旧によって等級をつけたのではないこともお断りしておきます」とある。母はこの会の師を敬い歌の友に親しんで生きる姿勢をも学んだ。

短歌をはじめた頃（?）の母

指導者の「花田先生」は、昭和歌壇史に名をとどめる歌人の花田比露思《ひろし》（本名＝大五郎、一八八二－一九六七）で、京都帝大の学生監をしながら結社「あけび」を主宰した。のちに花田は和歌山高商の校長となった。和子が参加した「芦の葉会」は、「あけび」の支部で、会員は日本女子大学出身で京阪神在住の才媛グループであった。

そのようなグループに和子が参加するようになったのは、今でいうカルチャーセンターのような所に通っていて、そこで知り合った女性から誘われたのがきっかけという。和子は、信蔵に勧められてすでに短歌を作っていたからであった。

『あしの葉』第三輯は昭和七年のもので和子三十九歳、末娘が生まれた翌年に会員になっている。その中に歌の道に入って一年目の心境を述べている歌がある。

生きの緒のあらんかぎりをひそやかに歌を想いて清く終わらん
よしえやし蟻のあゆみのおそくとも一筋の道ふみまどわめや

花田先生の講義は万葉集で、それに因む地理を訪ね吟行を楽しむ遠足が春秋二回行なわれていた。写真を見ると男性会員が多かった「あけび」の歌会にも母は信蔵叔父と一緒に参加していたのがわかる。信蔵叔父は父とひと回り違いの仲良し兄弟で、私たち家族が大好きな人だった。私たちは、〝おいちゃん〟と呼んだ。おいちゃんの書画、彫刻もたくさん残っているがなかでも傑作は、幼い博兄の頭部を実物大に彫った「泣き虫小僧」である。縁あって丸木俊《とし》さんがわが家に一泊された日、それを抱いて「これはよくできている」と褒めてくださった。記念すべき得難い思い出である。

ところで母が芦の葉会に入った頃、五人の子は上は十五歳から乳呑児まで、母親としても大変な時代であったはずなのに、どのようにして自分の時間を作ったのだろうか。常にお手伝いさんが居たのは確かだが、子どもらは丈夫であったし、父と信蔵叔父がよき理解者で母の勉学を扶《たす》けたからであったと思う。母は幼い末っ子をよく連れ歩いたらしいのに、居るのか居ないのかわからないほどおとなしい私はいつも放ったらかしで、母に甘えた覚えがないのは今もっていささか寂しい。

箕面松林ピクニック（1930年夏）
左から母、筆者、兄 博、姉

最後のお手伝いのさくちゃんが、新潟に帰ったのは私が十一歳の頃で、上の兄は大学生で上京していたが、父の地位も上がり、家の内外において多忙な主婦であった。しかし、月一度の歌会と春秋の遠足には必ず出席していたし、途中で変った歌の師、岡本大無《たいむ》先生や歌友らのことは常に茶の間の話題になり、母の話を聞くのは楽しかった。

私の手元に八冊の『あしの葉』があって、それを見ると会員のほとんどは日本女子大出身で、多い時は二十人くらいであった。昭和十三年の第五輯の奥付をみると編集兼発行人が小谷和子とあって目を瞠《みは》った。一九三八年といえば母四十五歳である。お手伝いさんが結婚のため実家に帰ったというのに、母にしてみれば子どもたちの手が離れたということで、幹事を引きうけたのだろうか。大学出の才媛のなかで一所懸命だった母の勉強ぶりが思い出される。第六輯には「偲亡祖父」六首があって、七歳で養女となったカズを溺愛したという祖父の存在が私にも判然とした。祖父を喪ったのは和子十七歳であったこともわかる。そのうちの三首をあげる。

世に出でて人の多くを識りたれどおお父にまさる人はなかりき
偶々に言い付けられし肩打ちも数をよみつつわが厭いしか
下心かなしき時は声に立ててみ名はよぶかもわがおお父の

歌集『あしの葉』が一九六三年の第九輯で終わるのは、二代目の師、岡本大無先生が、その年七月に輪禍《りんか》がもとで八十七歳で亡くなられたからである。

よき師との出会い

母が八一年の生涯を終えるまで、もっとも親しんだのは短歌であったが、それは何にもましてよき師、よき友と出会えたからであった。その事は私の一家にとっても、幸せな環境をもたらしたといえる。歌会「芦の葉会」の師は花田比露思先生と、その後を引きつがれた岡本大無先生であった。

ことに岡本先生は母の生き方にも少なからぬ影響を与えた人であり、私にも間接的ながら、忘れられないよき出会いであった。

あるとき、鶴見俊輔『思想の落し穴』（岩波書店）にその岡本大無の名を見つけて、私はびっくりした。短い文である。

鶴見氏が友人の葬式で京都紫野来光寺《むらさきのらいこうじ》を訪れたとき、小さい石碑を見つけた。その石碑に書かれている文字に興味が湧き、手帖に写し取ったのだという。以下に引用する。

氷心玉骨他列志良奈久邇　保呂卑天者　波留乃加須美登多那卑可牟加毛

どういう人がつくったのかわからないなりに、私の中にかたちがあらわれた。

うしろにまわってみると、岡本大無とあり、私の知っている名前ではない。忘れたくないので手帳にうつして家にもどった。

ほんの数日して、この歌にふれて、私の好みを言ったところ、同席の岡部伊都子さんから『大無遺稿』巻一（昭和四八年七月二二日、艸衣社）をおくられた。福田与という人の編まれた小さい本である。

氷心玉骨誰知らなくに　ほろびては　春のかすみとたなびかむかも

岡本大無先生の歌碑
（京都紫野来光寺）

門下の人びとが選んだ一首だという。

そのあとに、大無さんが選歌に際して「断じてつまらない作は選ばない。一首の見落しもしたくないというのが私の信念です」という気概を示されていたことに、鶴見さんは「片隅の歌人として生涯を終えた人に、この自負がある」と書く。

後日、私は京都紫野来光寺にその碑を訪ねた。山門の外の塀際に大無さん独得の、刃もので切ったような文字が、大無石人と名乗った人にふさわしい自然石に深く刻まれて、ひそやかに立っていた。

大無先生に関してはさらに後日談がある。朝日新聞「折々のうた」（九〇・一二・一五）に私の目が吸いよせられた。それは次の歌が載っていたからだ。

〈洛陽の親友　如《も》し相問わば　一片の冰心《ひょうしん》　玉壷《ぎょっこ》に在り〉王昌齢『唐詩選』所収。七言絶句。

解説に「作者が（略）都洛陽に帰る友辛漸と、一夜大河のほとりで別れを惜しんで贈った詩の後半」で、「もし洛陽の親友が私のことを尋ねたら告げてくれ、私は玉壷の中の一片の氷のような澄みきった心でここに生きていると」という訳があり、「「一片冰心在玉壷」は古来愛誦されてきた句」、とあった。瘦躯、謹厳、清貧に甘んじ、常に和服姿で背筋のしゃんと伸びた大無石人を思い出す。

わが家で歌会があるときは、私が茶菓の接待役で、そんな時は父も叔父も参加していたので私は嬉しかった。一〇人ほどの大人が考えたり話し合ったりしている光景を、私は好ましいと思っていた。床の間に正岡子規のハガキくらいの写真が飾られていた。子規門下の師を敬して父か母が置いたのであろう。

戦時中、文学界の中でも特に多くの歌人が戦意昂揚の詩歌を作って、国策になびいていったなかにあって、岡本大無は深草石峰寺に遊び「羅漢群像」三五首を発表している。

〈羅漢らの鋭目《とめ》のいかしさ人間のへなちょこ共を睨まへるごと〉と時勢に媚びない歌が並ぶ。末尾の歌は前書きを、「さはれ、石の妙味は石ころにあり」として〈形彫れる石にもましてをかしきはおのずからなるころころの石〉と詠んでいる。師の影響もあったのだろうが「芦の葉会」では戦争礼賛の歌はほとんどよまれていない。

けれど、二人の息子を兵にとられた母は、四二年の年頭歌に、

子を二人志古の御楯と捧げまつりこの大御代に生き会えり吾は

と、「エッ?」というような歌をよんでいる。入隊したまま音信のない子を案じ、憔悴して茶の間に座りこんでいた母を知る私には、どうしようもない時代に生き合わせた歎きがこもっているように思えてならないのであるが、さて本心はどうだったのか?

東洋紡社宅のころ

父が一九三四年から勤務した東洋紡績神崎工場は、兵庫県川辺郡小田村《かわべぐんおだむら》にあり、後に小田村が尼崎市に合併したので、わが住所は尼崎市常光寺《じょうこうじ》字竹の花という風雅な地名であった。

私が住吉の小学校から尼崎市杭瀬《くいせ》小学校に転校したのは、二年生の二学期で、それから五年制女学校の四学年三学期までの八年七カ月、八歳から十六歳になる少女期をこの地で過した。それは、日本が中国侵略から太平洋戦争へと泥沼のような戦争を長引かせていた時代であった。国家総動員法、治安維持法のもとで国民は忠良な「天皇の赤子」に染めあげられた。母は国防婦人会東洋紡支部長として、白いエプロンに「大日本国防婦人会」のタスキをかけ、尼崎市の聯合《れんごう》婦人会に参加していた。私は母の着換えをいそいそと手伝う子であった。母は口ぐせのように「つまらないおつとめ」と言いながら出かけていったが、帰りにハモの皮を買ってきて、それを入れた胡瓜もみは今思い出してもなつかしい。尼崎は工場地帯で煤煙がひどかったが、大阪湾でとれる魚は豊かであった。

時折、母が共産主義者の事を話題にすると、父は困った顔をしていた。父は工場では「宮城遙《きゅうじょうよう》

国防婦人会東洋紡支部長の頃。左から二番目が和子

拝《はい》」を号令する立場であったから〝アカ〟はタブーなのだ。

神崎工場は、阪神電車杭瀬駅下車、商店や小学校を通りぬけたあたりから北へ、工場と社宅が広大な土地を占めていた。工場内に運動場、病院、女工さんの寄宿舎と学校、正門の脇にはテニスコートや手入れされた庭があった。市道をはさんで隣接する社宅は、職階によって一の通りから十の通りくらいまであり、広いグラウンドを中に二階建ての棟割り長屋がずらっと並んでいた。グラウンドの前に浴場と売店があった。

少し離れた今福《いまふく》地区には工員さんの長屋があって、そこに同級生が居たので遊びに行き、いかにも貧しい家のたたずまいに私はびっくりした。わが家の隣家は工場内の病院長一家で、向かいは会社の撞球場で玉突きの音が聞えた。社宅の裏は土地が低くてどぶ川が淀んでいたが、大雨の後はよく溢れて、朝鮮の人たちも住んでいる長屋は泥水浸しになった。私たち姉妹が二階の窓からソッとその風景を見ていたのを知った母は、「絶対に見なさんなよ、反対の立場だったらどう思いますか」と厳しく言った。それで思い出したのは、母が和紙に墨書した「家族のきまり」である。

一　出したものは元へかへしませう
一　へんじをはっきりいたしませう
一　よばれたらすぐまゐりませう
一　あまいものをひかへませう
一　おふろへさっさと入りませう
一　やさしく注いしあひませう
一　人をそしらぬやうにいたしませう
一　おたがひに品性を高めませう

私が女学校に合格した時、父は「おう、佳子はもう女学生になったのか！」と言ったくらいだから、父は家では〝のんきな父さん〟だった。

母は早くから圧力釜を使いこなし、ミシンで自分や娘の服を縫っていたが、私がミシンを踏めるようになると、工員さんの女の子たちのシミーズを何枚も縫わされた。それは夏休みの私の仕事であった。会社から白いキャラコを反で買って、母が裁ち私が縫った。あの頃、家着はシミーズがあれば十分だった。電気洗濯機も電気冷蔵庫もない時代、冷蔵庫はあっても上に氷を入れるものであった。五人の子らの靴下を繕う母の姿を忘れない。化繊でない木綿や毛の靴下は踵がすぐ薄くなり、電球を中に入れると繕いやすかった。シミーズのお礼に工員さんの妻君が、うちの洗濯物を洗ってたたんで届けてくれることもあって、そんな時の母は気さくなおばさんだった。父が職につくまでの貧しい頃、母が着物の仕立仕事でくらしを立てていたことは、母の死後、叔母から聞かされて初めて知った。

また母は、三人の娘に正月の振り袖を作らず、その代り銘仙《めいせん》の着物と下駄が、元旦の枕元に置いてあって、私たちはそれを着て表で羽根つきをした。私は、よその子のような振り袖を着たいと思ったことはなかった。

この社宅から兄たちは天皇の軍隊の兵士になった。長兄啓介は一九四〇年十二月に、次兄博は翌年一月に大阪の部隊に入営した。啓介兄は中国に出征するまでは外出ごとに家に帰ってきた。出入橋の「きんつば」の大箱を買ってきて「お前たちも喰え喰え」と言いながら餓鬼のようにムシャムシャと食べるのを、妹たち三人はあっけにとられて眺めるのであった。

入隊後、音信のなかった博兄から軍事郵便が来たのは、満州国（現、中国東北部）牡丹江《ぼたんこう》からで、日付は無くて、母が昭和十六年二月十三日着、第一信と書いている。その後、私たちはこの地を離れたので難に遭わなかったが、四五年六月十五日、尼崎の空襲で工場も社宅も全焼したと聞いた。戦後四十年を経たころ杭瀬を訪ねたら、会社や社宅の辺りは団地群になっていて、むかし西の空が茜色に染まるまで友だちと縄とび遊びをしたグラウンドは跡形もなく、つれない街になっていた。

父母と別れ住む

一九四三年の三月、私が女学校四年の終りに父が転勤になった。伊勢宇治山田の東洋紡績山田工場に隣接する傷痍軍人のアフターケアーのための会社、誉工業に、取締役で赴任することになったのである。

姉は女子専門学校を卒業していたが、私はもうあと一年で女学校を卒業という時期で、妹は小学六年生でまだ甘えん坊であった。この場合、私が女学校をかわらないということに重点がおかれて、箕面の家も空いていたので娘三人が住み、父母は伊勢へと別居する事になった。祖父は号を丹水として書や彫刻を楽しみ四一年五月、八十二歳ですでに永眠。

姉を中心にしての箕面での生活は、二百坪ほどの畑地の北に叔父一家があったので淋しくはなかった。私たちも畑仕事に精を出したので、食料難の時代とはいえさして困ることはなかった。それに何よりも伊勢からは絶えず食料が送られてきた。残された母の日記には送った内容が細々と書いてあって、例えば、鯵《あじ》の干物二十尾、雑魚、昆布、干芋、ハッタイ粉、玄米、時にはカイロ灰など、世間では入手し難い品々をよくも集めたものである。

母の荷造りは貴重な紐を切らずにほどけるようにくくられていて、私たちは必ず三人が揃ってから母のぬくもりを感じつつていねいに開くのであった。中に挟まれた手紙を三人は繰り返し読んだ。母は実に筆まめな人で、日記の「出状」の控えを見ても驚いてしまう。そんなふうだから私も負けずにハガキを書いた。あのころ、一般家庭には電話を引かず、普通は電報か郵便が唯一の伝達手段であった。

私は、幼い時から丈夫でおとなしい子であったから、「母にあまり構ってもらえない」という淋しさを抱いていたが、離れてからはじめて親の愛情を覚えて嬉しかった。休みになると何はさておいても、箕面から宇治山田までの長い道中をものともせずに、汽車に乗って親のもとへ飛んでいった。

一九四四年三月、私は大阪府立豊中高等女学校をおえて、四月から女子挺身隊員になった。妹は私と同じ女学校に入学、姉は女子商業学校の教員になった。

兄たちとの面会、そして別れ

その間、上の兄は中国へ出征、帰国。幹部候補生の学校に入って任官し、徳島の西部第三三部隊に配属された。四二年八月、兄は特別休暇をとって母と妹たちを徳島県由岐町《ゆきちょう》への一泊旅行に誘ってくれた。あの時の情景は今も鮮やかで、思い出す度に涙ぐんでしまう。

由岐(現・美波町)は、亀の産卵地の日和佐への途中にある小さい漁村で、小高い丘を越えれば田井ノ浜《たいのはま》の絶景地。湿った道端を赤い小蟹が列をなして這っていた。兄と妹は巨岩に登ったり、石

入隊直後の長兄啓介（左）と入隊前の次兄博、社宅前にて

投げをして日が暮れるまで遊び呆けた。そんなふうに兄と遊ぶのは初めてであった。

宿の橋本旅館は、他に泊まり客はなくて、主人は生け簀から自慢の魚を次々あげて、ご馳走の大盤振るまいであった。みんなは「鯛やヒラメの舞いおどりの竜宮城みたいだ」と笑った。広間に吊った大蚊帳で五人はやすんだが、兄は俯《うつぶ》せになって母に体を揉んでもらい、「もっと、もっと」といつまでも甘えているのを聞きながら私は寝入ってしまった。

手の中の玉と育てし是れの子を弾雨に曝す日は近づきぬ　（母）

その年、十月十四日未明、兄は南方へ出征し、台湾でマラリアに罹って療養、その後、ビルマ戦線にいったまま四五年五月二十六日、戦死した。二十七歳六カ月。母には深い悲しみの種子となる旅であった。

下の兄は、四一年一月入営後すぐ、今の中国東北部満州牡丹江に送られて国境の守備についた。牡丹江から来た軍事郵便は九七通。字も絵も上手で、スケッチブックや、写真と押花を貼ったアルバムなどと共に遺品となった。検閲済の印の押されたハガキが時には八枚つづきのもあって、日付が無いから年月不明だが、心境や、風物が詳しく書いてある。中隊から出した演芸「弥次・喜多南へ行く」の大きな舞台絵を二日がかりで四枚描いたとか、休日に酒保から蓄音器を借りて「セヴィリアの理髪師」「碧きドナウ」「金と銀」を聞いていると涙が出て仕方がない、とか『サアニン』『罪と罰』『父と子』の三冊、家にあるのをお送り下さい、中隊では芸術の統制はされて居りません等と書かれてあった。「昭和十八年の新年を迎えました」の書き出しのハガキがあって、兄がいた北方戦線はまだそれほど緊迫していたようではなかったが、その年、南方ではニューギニア全滅、ガダルカナル撤退と敗色は濃かった。その後、音信がと絶えていたが突然四三年九月、茨城県筑波郡吉沼村東部一一六部隊からハガキが来て、兄が内地に帰れたことを家族は喜んだ。その筑波からの通信は四二通残っている。

四四年九月二十四日、母は私たち三人を伴って筑波へ面会に行った。これは兄から、皆に会いたいと言ってきたからで、汽車の切符も入手難、宿泊するにはお米持参と極端に逼迫《ひっぱく》した時代に、よく母が決行したと思う。一泊二日にわたって兄に会えたのは五、六時間だった。はにかむような笑顔で私たちを見つめていた物静かな青年は、その年十二月十九日、フィリピンへ向かう途中、輸送船の墓場といわれた台湾沖で雲龍という巨艦とともに沈んだ。二十四歳四カ月。

台湾の沖の藻屑と消えし子は骨一片も拾うすべなし（母）

母の遺した「自由日記」

母は書くことが好きな人で、それらの多くは処分したようだが黒表紙の粗末な「自由日記」が残っていて、敗戦前後の私たち家族の動静を知ることができる。

それは一九四三（昭和十八）年十月二十五日に書き始められて、一九四七（昭和二十二）年一月二十四日まで飛び飛びながら全部埋まっている。中でも一九四五年六月二十四日から十月七日までが大きく途切れている。八月十五日の敗戦を挟んで、日本国のどんでん返しは言うまでもなく、私たち一家にも大変動の時期であった。

暫くぶりに母は日記帳を開いて書きつなぐ。

「今日は秋も中ばの十月七日、聯合軍総司令官マックァーサーのご機嫌とりばかり、あはれというも愚かなり。その後、啓介、博より一信もなし、殊に博は行先さえも不明なり」。

というのは、博兄が宇品出港の前にふじや旅館から出した謙蔵様、皆々様宛の別れのハガキが四四年十二月に届いた後は、杳《よう》として行方が知れなかったからである。けれど、ビルマの啓介兄からは時折通信があり、四五年四月二十一日に母が出状、兄からは五月二十日母宛に簡単な通信と

兄啓介

兄博

金五百円が送られてきて、その日「啓介に受け取り出状」と書いている。翌年、息子の戦死を知った母は、前年の日記をめくってその欄外に、「この受取りの手紙を出したあと五日目に啓介は戦死していたとは」と、痛恨の文字を書きつけている。

　ビルマからの兄の最後の絵ハガキは、小谷和子様宛、南海派遣楯八四一七部隊本部、小谷啓介とあり、「五月十七日付御便り拝見致しました。天変地異火花が飛ぶ様な生活の中をも幸運児は今日まで生き抜いてきました。今日以後も又元気に生き抜くものと思います。何卒、小生の事に就いては御心配にならない様に」とあった。

　「自由日記」に話を戻すと、母は、書けなかった日々の空白を埋めるように思い出しながら綴っている。「(四五年)七月二八日、宇治山田大空襲、八月七日、沼木村へ一台荷物を出し、十一日炎天下を母を大八車に乗せて主人と二人で引いていく。朝八時山田を出て十一時ごろ沼木着。つばくろの巣と蜘蛛の巣だらけの納屋は何としても侘びしさそのもの。電灯もなくハガキさえ書けず。八月十五日詔が出て、さすがの大戦争も終った。『無條件降服』　主人は八月三十日に誉工業をいよいよ退職された。時機だと思ってよろこぶ」。

父はこの年満六十二歳。長年勤めた東洋紡績を、敗戦を期して思うところあり退職している。父と母と祖母は、疎開先の農家の離れで敗戦を迎えた。

国をかけし戦もついに終わりたり手を取り合いて共に只泣く（母）

ところで、箕面の私たち三姉妹にも、ここには書き切れないほどの変転があった。

私は勤労挺身隊として三国のアルマイト工業の事務室に勤務、妹は女学生ながら後には学徒隊として工場で働いていた。

四五年三月十日の未明から、東京は無差別夜間爆撃で二三万戸焼失、十三日深夜から十四日未明にかけては大阪も大空襲を受けた。その夜、警報解除のサイレンが鳴ると同時に二階に駆けあがって見た異様な光景は忘れられない。薄暗い空の下で、真南の大阪が一面赤黒く染まっているのを、一体何が起ったのかと呆然と眺めていた。後に夫となった古川の羅紗《らしゃ》店もその夜焼けて一家で逃げまどったことを、私はまだ知る由もなかった。

そのころから私は勤めをサボるようになったが、監督の女先生がうちまでやって来て、「病気でもないのにズル休みするのは非国民です」と厳しく叱られた。それでも休みつづけていると、六月七日の空襲でアルマイト工業も焼けてしまって、ああ、これで大っぴらに休めるとホッとしたのだから、私は根っからの軍国少女ではなかったようだ。

八月十五日も私は畑仕事をしていて「玉音放送」を知らず、後で叔母から聞かされた。蝉の声も止んだような静かな昼さがりであった。伸び伸びと深呼吸ができるような、そんな感じであった。その夜、電灯の覆いをはずした明るい茶の間で、三姉妹は解放感に浸りながら「これでお兄ちゃんたちが還ってくるね」と、はしゃいでいたのだから、否応なしに戦争の時代を生きた父母たちの、一つの時代の終りという悲愴感とは随分違った受けとめ方であった。苛酷な戦争の実態を知らされない銃後の私たちは日本が負けるとは思っていなかった。

「自由日記」十月十一日付、「日本の現下の状態、目を開いて見ることも出来ぬあわれさ、大敗戦国のなさけなさ表わすに言葉なし」。疎開者に配給の受けつけを許さぬほど冷たい村人を相手に、それでも何とか耕作地を借りて麦まきの段取りをしたり、山へ風呂焚きものを拾いに行ったり、病母を看取りながら母も懸命に生きていたようすがわかる。

農具小屋の住居に耐えきれず、母たちは隣部落の円座に農家の離れを借り、兎や鶏を飼い、翌、四六年十一月に知人の勧めで大和竜田へ移るまでをこの地で暮らした。円座は、父と母の生涯で最も変転極まりない地であったが、戦争による辛酸は程度の差はあれ多くの人々に共通するもので

箕面の松林にあそぶ啓介と博

あった。

四六年四月、姉と私は結婚した。四月七日、先ず姉が箕面の自宅で結婚式を挙げ、二十九日には私が夫の郷里である彦根の八幡宮で式を挙げた。何というあわただしさ！姉は前から縁談があったが、私はまだ十九歳。俄《にわか》にふって湧いたようなはなしであった。極端な物資不足の時代、姉に衣料切符を使い切った後の私は、古川の父が言う通りの「身一つで結構」の結婚であった。

娘たちの婚礼を済ませて二カ月ぶりに円座へ戻った母は、間もなくたて続けに息子たちの戦死を知ることとなる。

五月二十八日の日記に「啓介の戦死を高知の細木という軍医さんより速達にて知らせて下さる。まことと思えず。啓介には安心しきる或る力という様なものがあったので、自分は常に安心していて、守る念力が欠けていた、と今更悔まれてならぬ」と書く。母は兄のハガキにあった「幸運児は今日まで生き抜いてきました」という言葉を信じこみ、自らを暗示にかけていたように思われてならない。

日記（六月十四日）「朝の便で柏原（本籍地）役場からの博戦死の公報に接す。母屋の種子さん来訪中で、甘え心から取り乱して泣きくどく。夕飯は椎茸でマゼメシを炊いて二児に供える。名の彫り込んである箸箱をそえて」。僅か二行に戦死の日付と場所が書かれたペラペラの紙きれを母は引き裂いてしまいたい衝動に駆られていた。

日記（六月十五日）「もう啓介、博のことに限り案じなくて済む。これからは常に常に母と供に在る子よ。啓ちゃん、博ちゃんよい子でした。」

宮川の清き流れは濯ぎものすすぐと来ては吾が泣くところ（母）

祖母は四六年十月二十三日、孫の戦死を嘆きながら円座の仮寓で亡くなった。八十二歳であった。

亡き母への思慕は亡き子につながりてわが感傷も冬は厳しき（母）

沼木村は父母の生涯における最も悲しみの深い地となった。

第三章　母、和子の戦後

悲しみと怒りを歌に

母が詠む歌の多くは万葉調の叙景歌で、生活詠とか社会詠は少なかったが、息子らを戦争に奪われて後はじめて、ふつふつと煮えたぎるような怒りと底なしの悲しみを謳うようになった。

次の歌はたぶん、兄の戦死を知った直ぐのころに作ったものと思われる。

昭和二一年五月六月、前後して二児戦死の報に胸打たる

何をもて埋めんぞわが身の内に出来たる大き此の空洞を
浄き血を流して吾子の斃れたるビルマは遠しわが訪わまくを
岩角にギヤマンの瓶を打ちつけて砕きてみたき衝動を覚ゆ
是れに増す悲しき事の何かあらん亡き児二人を返せ此の手に

忘れんと努めしことの愚かさよ憶い続けん生きの限りを

これら一連の短歌は、母からの大いなる遺産としてその後の私を支え励ましてくれるものとなった。

前にも書いたけれど、啓介兄がビルマから寄越したハガキに「幸運児は今日まで生き抜いてきました」というくだりがあって、それを信じ自らを暗示にかけようとしていた母にしてみれば息子の死は、〝脳天に鉄槌〟のような衝撃であった。息子の死を一年半も知らずに過した自分が許せなくて、「私には子を守る念力が足りなかった」と後悔するのであった。

あいば野で結婚生活をはじめたばかりの私たちに、母は手紙で啓介兄の死を知らせてきた。私は兄の死よりも、それを悲しむ母を思って毎日泣いた。私と夫は別々に母への慰めの手紙を書いたが、一番先に届いたのが私たちの手紙だったそうで、母は声をあげて泣いたという。特に啓介兄と同い年の夫は自分も戦友を喪っているから慰めの言葉は通り一遍ではなかったので、母は心打たれたと記している。

大和竜田へ居を移す

父と母は四六年十一月に奈良県竜田《たつた》へ移った。知人が経営する会社が不振に陥っていて、父が助言を求められたという縁であった。工場内の一隅に蔵座敷と未完成の居宅がつながるおかしい家であったがそれが父と母の仮住居となった。父はその間、肋膜炎で蔵座敷で臥せっていたこともあったが、三年で会社を立て直した。竜田で母は文学や俳句に親しむ友を得た。毎月、薬師寺の大僧正橋本凝胤《はしもとぎょういん》師の講話を聴講し、師に揮毫《きごう》してもらったという「和」の色紙が残っている。

しかし新しい地に移ったからとて母の悲しみと怒りは薄れず、〈結ぼるる心ほぐすと今日も来て山の墓場にひとり遊ぶも〉〈墓碑数多兵長、伍長、軍曹と若かりしならん憤ろしも〉と謳うのであった。

一方、私たちも四七年七月、あいば野開拓地に見切りをつけて私の家郷箕面へ帰ってきた。夫は大阪備後《びんご》町の焼跡で古川羅紗店の再興を計らねば、という長男としての責任に押されるようにして帰阪、昔の番頭さんを頼って布地を扱ってはみたものの、戦後の荒廃した世の中で、商人に不向きな彼がうまくやれるはずがなかった。結局、彼が召集前に働いた軍需産業の工場長が創業した会社に入り、経理を委されて会社を軌道にのせた。嫌っていた大倉商業、和歌山高商出身の学が生かされたのだから皮肉なことであった。在職中に「箕面忠魂碑違憲訴訟」の原告になったことで、社内では古川夫婦は「アカ」ではないかと警戒されながらも、六十四歳まで無事に勤め了えた。

次男が生れた頃、夫は結核に罹《かか》って二年近く自宅療養したこともあったし、私も古川の母を引きとり、義妹が結婚すれば二階に住まわせたり、洋裁の内職をしたりと、貧しい世帯のやりくりに人並みの苦労をしたことが思い出される。こうして私は両親が月賦で購った箕面の地にずっと居着いて、自分の人生を営みつづけてきた。

老い二人、淡路島へ移る

両親が竜田から淡路《あわじ》洲本《すもと》市に移ったのは一九六三年一月だった。それまでしばらく箕面に帰っていたが、三人の孫や、古川の母の同居に伴う出入りの多い家では、自宅でありながら安住できる場ではなくて、母がある日突然、「淡路島に借家を見つけてきたから行かせてほしい。私たちのわがままを許しておくれ、誰にも煩わされずにあの子らのことを心ゆくまで考えたいのよ、もう、そういう事が許されてもいい年だと思うの」と、そう言われると私たちに甲斐性がないばっかりに二人に我慢を強いていたことが思われて私は辛かった。父八十一歳、母七十歳であった。

運送店のトラックに父母が便乗して箕面を出発したのは、一月十四日の夜がしらじらと明けそめた時刻であった。私は悲しくて玄関の中で泣いていたが、小学六年の長男は、道に出て祖父母を見送っていた。翌日は寒風が吹きすさび、ぎこちない住居で父は風邪を引いて寝込んだという。

その家は洲本市街から二キロほど洲本川を遡った田圃の中の一軒家で、家を建てる所だけ土堤と同じ高さに土もりをし、階下が物置という三部屋の小さい住居。父はそれを「対先庵《たいせんあん》」と名付けた。西の窓を開ければ遮るもののない田野の果てに、淡路富士とよばれる美しい「先山《せんざん》」が眺められた。

大待宵草の花のなかで

対先庵の前の土堤を野良仕事で行き交う島人は、余程の事情があるらしい老夫婦に、言葉は荒いがやさしかった。父母がこの地に居た五年の間、子らの学校が休みになると、姉、妹、私の一家は島を訪ねるのであった。そのために母は私たちをもてなすプランを練るのを楽しんでいた。川遊び、先山への登山、洲本浜での海水浴、乗馬、人形浄瑠璃から町の銭湯などなど。子や孫のために小さい別荘を持ちたいというのがずっと以前からの母の念願であった。土堤道から玄関への前庭に花を作り、階下の物置の横の畑地では父が野菜を作り、前の川では仕掛け網で鰻や鯉も獲れた。

思いきや老いの身二人海越えて淡路の浦に住きつかんとは
忘れ得ぬ亡き子を胸に老い二人ひそかに生きん只それのみを
若きより吾があくがれし良寛の生き方に倣う老いの日ぐらし

箕面の家の庭に咲く大待宵草
母の命日のころに咲き出す

夏、父が丹精した竹垣に夕顔の白い花が二十も三十も開く夕暮れどき、野良帰りの農夫は足を止めた。前の川原には大待宵草《おおまつよいぐさ》（月見草）が夥しい黄金の花を咲かせた。

朝明けのほの明るみに淡々と月見草咲けり夢
の如くに

朝早く門辺に夫の呼ぼう声よべの夕顔まだしぼまぬと

このように島暮しにも馴染んだ母は、ある夜、花の中に佇んで啓介、博と呟き、ああ、ここなら耳の遠いおじいちゃん以外は誰も居ないのだと気付き、大声で「けいすけぇーひろしぃー」と声を限りに呼ぶのだと、その秘密を私に告げる母は、恥ずかしそうに肩をすくめて涙ぐんだ。あれから何十年もの歳月が流れたが、私は箕面の庭に毎年夕顔と大待宵草を咲かせて、川風に吹かれながら花の中で子を呼ぶ母を偲ぶのである。

父と母、箕面へ帰る

父と母がようやく箕面の自宅に戻ってきたのは、八重桜の美しい四月半ばであった。淡路での母は眼底出血で色彩を失ったり、高血圧で悩んだりしてもあまり騒がず、高齢の父が懸命に介護するのであった。父のマッサージで母の上着の布地が薄くなっているのを見て私は胸が痛んだ。作業する父の手は荒れていたから。

一九七〇年七月、同居していた古川の母が亡くなったこともあり、今度こそと強引に両親を連れ戻した。父八十九歳、母七十八歳。もうそのころ母は緑内障で失明に近かった。そんな母に私は新聞や本を読むことを自分の日課にした。佐多稲子の『樹影』だったり、新聞の政治面、社会面、連載小説は村上元三の『五彩の図絵』であったことを覚えている。私が「今日はここまでよ」と立ち上ると、母は「有難う、佳子のおかげで命が延びるようじゃ」と深々と頭を下げるのであった。

忘れられない母の死にざま

母が昏睡に陥る前のことを私は決して忘れない。それは七四年六月八日の午後、私が庭仕事をしている傍に母がきて、おぼろに見える眼でつつじの花を摘みとろうとしているので、私が「まだ置いとけばいいのに」というと「私は何だか気がせいてねえ」という。「気がせく」って何のことだろうと思いながらも、私の手伝いがしたいのだろうと、あまり気に止めなかった。

その夜更け、離れで父の声がするのでハッとして行ってみると、母がトイレの前で座りこんでいて「ちょっと目まいがするのよ、ここで寝ていたら直ぐによくなるから」という。抱きおこして寝床にいれたが、どうもようすがおかしいので、「お母さんと一緒に寝てあげるわね」と母屋から枕をもってきて添寝をすると、とても嬉しそうなので、「おじいちゃんも一緒に寝てあげなさいよ」と母を挟んで川の字。父は安心して直ぐ寝息をたてはじめた。冷えた母の足を私の内股で温めると、「ああ、いい気持」と幼児のように甘えるのであった。

それから母は眼が冴えたのか、途切れることなく話し続けるのだが、私は、何事もなくてよかったと安堵したのと昼の疲れで、うつらうつらしながら聞いていた。はっきり覚えているのは「私はほんとうに幸せ者じゃった。おじいちゃんには勿体ないくらい大事にしてもらったし、みんないい人ばっかりじゃった。ただ啓介と博のことだけは口惜しくて腹が立って……」と何度も繰返すのだった。そして、「私が死んでも誰にも知らせないでほしい。お母さんはどうしてられますかと問われたら、ああ、母は亡くなったんですよと言うておくれ」という。こういうのは、初めて聞く話ではなかったので私は笑いながら、「ハイハイそうしてあげますよ」と軽く相槌をうっていた。この時、母が死にぎわに居るのだとどうして気付かなかったのだろうか。その予感さえあれば、聞いておきたいことが山ほどあったのにと、うつけ者の私は後でどれほど残念に思ったことか。

晩年の母、箕面の自宅にて

途中、母がガバッと起き上り、顔をこわばらせて「どいつもこいつも強欲な嫌な奴ばっかりじゃ」と罵った後、憑きものが落ちたように柔らかい表情で横になり何事もなかったように話し続けるので、私はビックリした。母の胸の奥に閉じこめられていた暗いものが一瞬噴き出したようであった。

小鳥が鳴き始めたし母も落ちついたので、「私はあちらでもう少しねむるから、お母さんもゆっくりおやすみ」と離れようとすると、「もう行くの?」と寂しそうな顔をして「じゃあもう一度頬ずりして」というので「甘ったれさん」といって頬ずりをした。母の冷えた手を布団に入れようとしたら私の腕をにぎって離さず、じっと私の顔を見つめていた。

六月九日は日曜日だった。母屋に戻ってうとうとしていたら、父が私の枕元に立って、「おばあちゃんがもういかんでぇー。もう眼を開かんがぁー」とおろおろしているので、「ついさっきまで私とお喋りしていたのよ、そんなはずないよ」と言いながら夫と一緒に離れに急いだ。爽やかな光のさし込む部屋で、母はとても穏やかな美しい顔で小さい鼾《いびき》をたてながら眠っていた。ゆすっても呼んでも反応がなくて、ようやく異変に気付いて主治医に電話をした。日曜日だったが先生は直ぐ見えて注射と点滴をして帰られた。母はピクとも動かず九日間昏々とねむり続けたまま、つゆの雨が降りしきる十七日の夜、ホーッと大きく息を吐きだしてそれが最後であった。八十一歳一カ月。ちょうどひと月前の誕生日に私は母に赤い薔薇をおくったばかりで、父と十歳違いの母が、父より先に死ぬなんて考えたこともなかった。

葬儀屋さんが「こんな美しいお顔は珍しい」という通り、少しも面やつれのない死顔を私は瞼に焼きつけるように眺めていた。

赤い小さい母の手帳

それはタテ七センチ、ヨコ十センチの子どもの掌にのるくらいの小型の手帳で、表の方は昭和十六年九月十一日に短歌を書きとめ推敲することから始まっている。反対に裏表紙の方からは歌が多いけれど、日常のメモ、国防婦人会関連の事、戦死者の市葬、遺族の慰安会、旅の記録から旅費に至るまで実に細々とした事柄が雑然とメモってある。中でも特に眼をひいたのは昭和十六年八月二十七日付、日赤看護婦長による講習会での、毒ガスの種類とその対応処置法、例えば、「催涙瓦《さいるいが》斯《す》」は玉葱《たまねぎ》の切口など当てて涙を出し、あと二%のホーサン水で洗う。一、沈着、一、急速、一、臨機応変。手帳からこぼれるほど、雑多に書き散らされたものを読んでいると、戦争が日常にずかずか入っていたようすがうかがえて、へぇーそんなことまで強制されていたのかといまさらのようにあきれてしまう。さらにその中で私の眼を瞠らせたのは六ページにわたり、まるで遺言のように「真さかの時の事」として六カ条、「死後の事」として三カ条が記されていたからである。

一九四一年一月は、前年の長兄に続いて次兄も入隊して、五月には祖父が箕面で亡くなり、母は四十八歳であった。珍しいので写してみよう。

真さかの時のこと

一、大病にかかり命危うき時といえども神仏に無理なお願いをせぬこと

一、誰々を呼んで下さいと頼んだ人以外の人を呼んだり知らせたりせぬこと

一、どんな人にも其の人人の生活があります　私の為に人の生活に差支えを起こさせない様に注意していましめて下さい

一、人の好意を当てにしたり人の仕向けに不服を言ったりすることが万一にもありましたら

一、看護人は時間をきめて睡眠を充分取ること

一、必要以上の薬を服ませて貰わぬこと

死後のこと
一、近親のみにて静かに葬儀をなし友人知人には死後三五日を経てお知らせすること
一、香典、供花、供物等は一切断じて受けられぬ様に　この事堅く々々申し残し候
一、通夜　夜とぎなどは一切無用のこと

この手帳は母の死後、何年も経ってから見つけたので、私に約束させたあの夜のことばは、手帳に書きつけたときから死ぬまぎわまでの三三年間持続した母の意志であった。

葬儀のことで私は皆に母の「遺言」を話した。「おばあちゃんはそういう人だったよねえ」と皆、異口同音で、母の希望通り誰にも知らせず身内だけでひそやかな野辺送りをした。その日は「友引き」で火葬場はカランとしていた。日を経て母の死を知った叔母たちから私は責められたけれど、「遺言」の話をしたら、「あの人は昔からそういう人だった」と言われたが、母の〝そういうところ〟を姑、小姑はけむたがっていたのであった。

亡き母にみちびかれて

唐突な母の死に私はうちひしがれて、残された父の淋しさも思いやらずに毎日ぼんやりして泣いてばかりいた。私は、母が歌にいそしむ事を好もしいと思いつつも、私自身の心の在りようによっては〝閑人のお遊びごと〟と思えて、からかい半分それを口にした時、母はムッとしたのだった。

けれど、兄を国家に奪いとられてからの母は、気持の赴くままに怒りと悲しみを謳うようになった。その変化を私は充分理解しつつも、世帯にかまけて心ゆくまで母の歌の世界に寄り添わなかった。その後悔の念が私を苦しめた。「ご免ね、ご免ね」と詫びながら、そうだ、あの頃のように亡き母に本を読んであげようと思いついた。何を読もうかという段になって、手元にあった筑摩書房新刊ニュースの広告八冊の中で、ピタッと目が止まったのは、松下竜一『檜の山のうたびと――歌人伊藤保の世界』で、その紹介文は「昭和八年、十九歳でハンセン氏病療養所に入り、そのまま三八年に死を迎えるまで秀歌を詠み続けたアララギ派の歌人の生涯を描く。(以下略)」とあった。

ああ、この本を母に読んであげよう、そして母の歌の道に心こめて添わなかったことを詫びよう、と思った。注文した本が届いたのは一九七四年十一月十七日で、早速、母の写真を机に置いて朗読する日が始まった。この頃、高校一年だった次男が、七〇年安保の際の学内でのビラまきやハンスト等の抗議行動で退学し、その後アルバイトをしながら定時制高校に通った。母は、次男のことを理解しながらも心痛で弱ってしまったのだった。私はこの本を読みながら、母が生きている間にこの本に出会っていたらどんなによかったろう、生きる元気を取りもどしてくれたかもしれないのに、と思い一層悲しみが募るのであった。

そんなある日、夫が私の後ろに立ち、「この記事の松下竜一と、その本の松下竜一とは同じ人じゃろか」と筑摩書房の雑誌『終末から』に連載中の「立て、日本のランソのヘイよ」を示す。執筆者は、九州電力による豊前火力発電所建設に反対して、住民七人で原告本人訴訟を起こしている自称「ランソのヘイ」（濫訴《らんそ》の弊《へい》、乱訴の兵）の隊長であり、かたや『檜の山のうたびと』は「ライ園」と呼ぶ世界で秀歌を謳いつづけた孤独な歌人の生を辿るヒューマン・ドキュメントである。半信半疑で調べてみると『終末から』の巻末に歌人近藤芳美による『檜の山のうたびと』の紹介文があり「立て、日本のランソのヘイよ」の文末には、機関誌「草の根通信」（月刊百円・現在二一号）とあり申込先の住所に「松下竜一」の名前と「付記、ぼくらは保釈金一五〇万円などの費用にあえいでいます。支援をお願いします」とあった。

これで同一人物に間違いなし！　私たちは感激して、手紙にカンパを添えて「草の根通信」を申し込んだ。松下さんから「草の根通信」とサイン入りの『絵本切る日々』、『5000匹のホタル』（理論社）が届けられた。その本には「言葉の森を茂らせよう」と書きそえてあった。私は『絵本切る日々』の裏表紙に次のように書いている。「七五年五月二四日、太地　生後十一日目に吾家に帰ってきた。その日、松下竜一氏からカンパの礼にと、この本と『5000匹のホタル』贈らる。よろこびが重なった」と。太地とは、私たちの初孫の事で、いま彼は二歳の男児の父親になっている。

因縁めいた奇しき出会い

このようにして松下竜一さんとの交流が始まった。私は折にふれて松下さんに手紙をしたため、それにはいつも母のことを書いた。

後年、松下さんは、戦死した息子らを悲しみ抜いた吾が母をタテ糸にした記録を、『憶ひ続けむ

――戦地に果てし子らよ』（筑摩書房）として出版された。母と松下さんが同じ大分県人であるといえば、いささか因縁めいているけれど、そう思わざるを得ないような奇しき縁であった。というのは運命的に出会った松下さんが、長逝されたのは二〇〇四年六月十七日で、母が亡くなってちょうど三十年目の同じ日であった。

何かを為したというのではない母ではあったが、息子を奪った「天皇の国」の戦争責任と、反省のない戦後日本の政治を厳しく問いつづけた点では揺るぎがなかった。

例えば一九四六年十月十日の日記には「志賀義雄氏ら出獄し……」と新しい時代が始まるのを期待したり〔志賀義雄（一九〇一 - 八九）共産主義運動の活動家、政治家。一九二八年に共産党員が大量検挙された三・一五事件で検挙され、敗戦まで獄中にあった。―編集部〕、教員の勤務評定反対闘争も、「いっそ革命でも起きて悪政治家どもがやっつけられたらよいのに。啓介や博が今生きていたらこの世相をどういうふうに批評するだろうか」と、息子の戦死が生かされない政治を嘆くのであった。

また、豊多摩拘置所に放置されたまま、四五年九月二十六日に死んでいたという三木清を悼んで、竜野まで碑を見に行ったり〔三木清（一八九七 - 四五）兵庫県竜野出身。哲学者、言論界で活躍。四五年三月に共産党員の脱獄幇助容疑で検挙・拘留。敗戦直後に拘置所内で死去。―編集部〕、私の二人の息子が反戦運動に足を突っこんだときも、ひどく案じながらも信頼して見守ろうとする〝話せる祖母〟であった。

十五年にわたる侵略戦争の間、私はカリカリの軍国少女にもならず、割合のほほんとしていたが、戦後になってからの物の考え方とか、抗う姿勢の基本は、これら身内の人々によって培われたもので、それがいつしか私の骨格になったのだと思うと、やはり感謝しないではいられない。

第四章　夫、古川二郎《にろう》のこと

生い立ち

二郎《にろう》は一九一七年二月、古川寛二郎とたけの間に、八人弟妹の長子として大阪船場に生まれた。父親は彦根の人で、夫婦で大阪に出てきてリヤカーに荷を積んでの商いから始めて、番頭や丁稚《でっち》（商家などに奉公する少年。小僧のこと）を置く羅紗《らしゃ》問屋を築きあげた、いわゆる江州《ごうしゅう》商人である。

店があった心斎橋筋のすぐ近くで、地下鉄御堂筋線の大工事が始まり、掘りあげた土の山は男の子らの恰好の遊び場になった。梅田 - 心斎橋間に地下鉄が開通したのは三三年五月、二郎十六歳の時であった。

商家の跡取りなので、大倉商業学校から和歌山高等商業（現・和歌山大学）へと進んだが、父親に似ず商人に不向きな彼は、学校をサボっては和歌山の雑賀崎《さいがさき》や水軒《すいけん》の浜で寝ころんで本を読んでいたそうだ。私が聞いた彼の友達は僅か四人。高商時代のY君、H君。軍隊で隣の寝床のAさん、

古川二郎
いつも傍らには本があった

会社の同僚Sさんだけ。Sさんからは写真の技術を教わったり家を行き来したり、撮影旅行には私も同行して親しんだ。

Y君が二郎の死を知って自費出版の自分史を携えて弔問に現われたが、その中に二郎のことが書いてある。「当時の下宿料は三食付きで並が二十円、上が二十五円くらいだったから十六円の下宿を探すのに苦労した。二年のとき、古川二郎君と秋葉山の寺の境内のアパートに安く入れてもらった。古川君は大阪船場の羅紗問屋の長男だったが、常に岩波文庫を手放さない文学哲学青年で、商いは『罪悪である』と言い、カトレアの花を熱愛していた。部屋代が安くなっただけ私の生活は派手になり、中食は外食するようになったが古川君はさらに本を買い、私はバットをチェリーに替え、友人とのつき合いも増えた」。

紀州は蜜柑の国。Y君と山の畑に「みかん泥棒」にいった話はすでに二郎から聞いていたが、Y君もそれを書いている。「月の明るい夜で畑に人気はない。手当り次第にもぎとって一杯になった布団袋を担い棒で差しで担いで坂道をヨタヨタしながら帰った。顔が黄色くなる程食べたので、その後、みかんに食欲を感じなくなった」と。お腹を空かせた学生たちが下宿するまち和歌山の蜜柑農家は「泥棒」の出没にさぞ困ったことであろう。

戦中戦後、さつま芋や南瓜で飢えを凌いだ男たちは、食料事情がよくなるとそれらを毛嫌いする人が多かったが、二郎にはそういうところは一切なかった。

二度の召集、そして敗戦

二郎は一九四〇年から約三年召集され南京にいた。日本軍による中国人大虐殺事件は、三七年十二月であったから、「南京事件」は古兵から聞かされるまでは知らなかったそうだ。輜重《しちょう》兵で任務は物資の調達だが、実際は米調弁の討伐隊で、戦闘はなく、射撃演習で田畑に小銃を乱射するくらいだったが、そんな事にも村人は肝を潰しただろうと話していた。

四三年三月除隊。大阪の飛行機組立工場で「鬼畜米英」「聖戦完遂」の生活を二年間続けたあげく、四五年三月十三日未明の大阪大空襲で焼け出された。まさにその日から三月三十一日までのことを、火から逃げる時、たった一冊ポケットに入れていたPELICAN BOOKS（ペリカンブックス）“ONLY YESTERDAY”の余白に鉛筆で書き残している。ざら紙だし、文字も薄くて読みづらいが几帳面な字である。メモによると、幸い祖母が彦根にいたので家族六人の住む所はあったが、一人大阪に戻って弟妹の学校のこと、金融機関

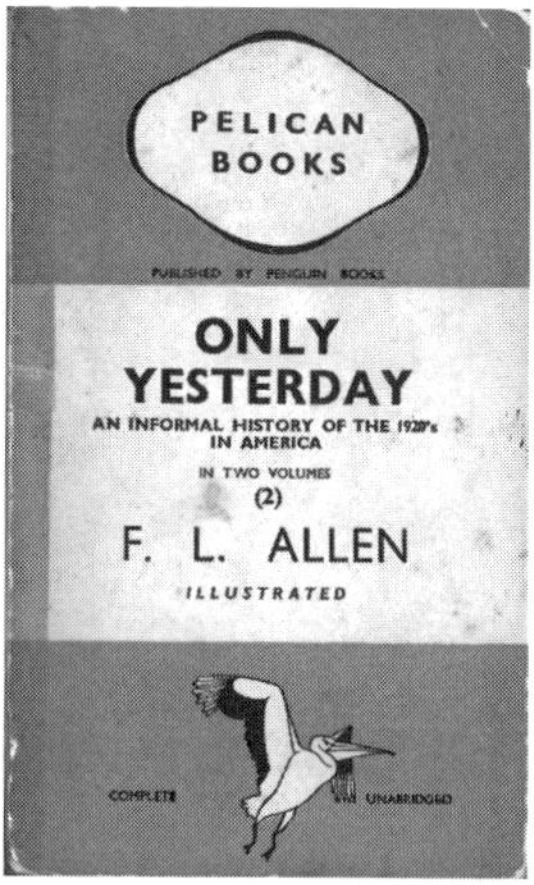

二郎がポケットに持っていた
ペリカン・ブックス
“Only Yesterday”

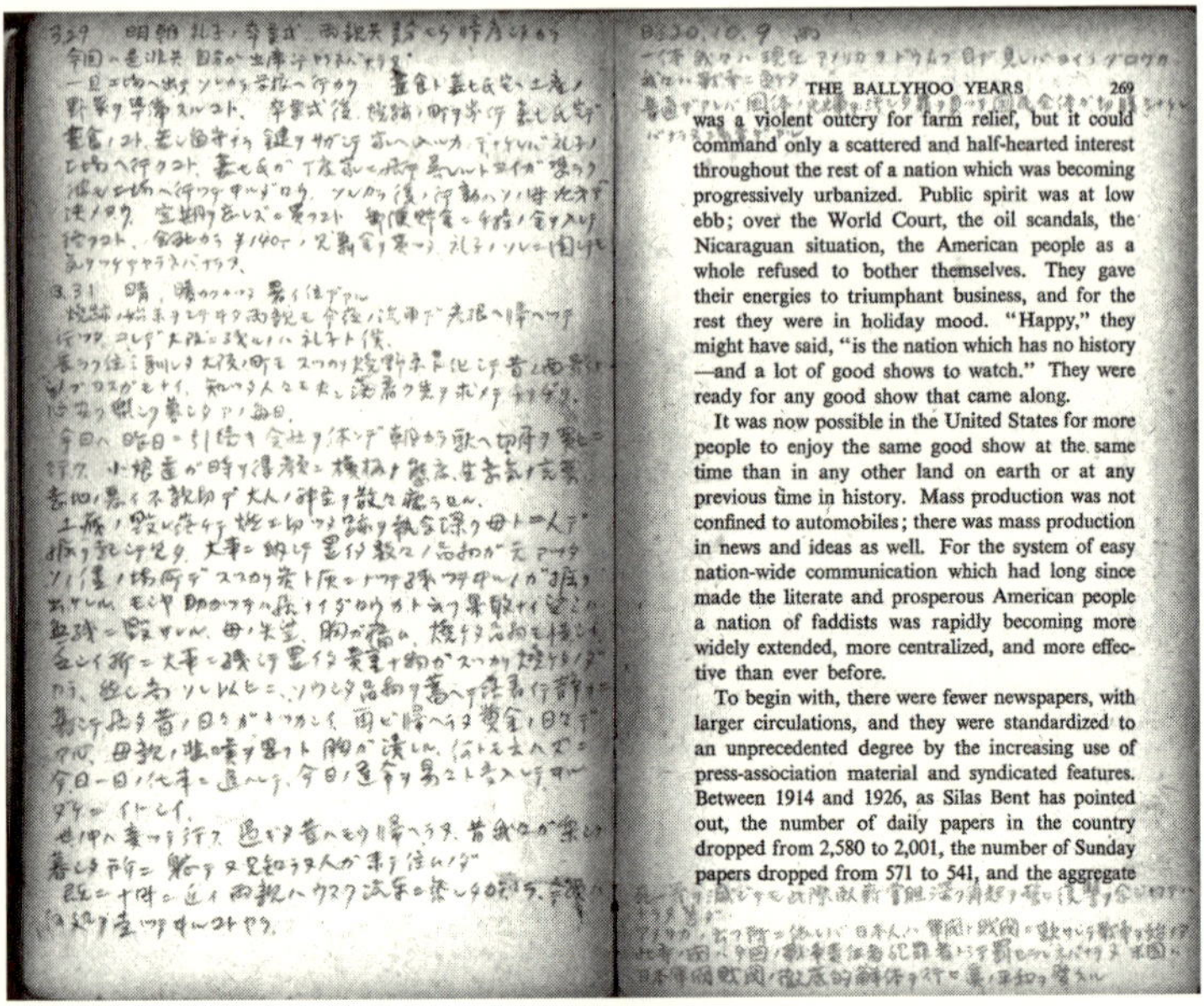
THE BALLYHOO YEARS 269

was a violent outcry for farm relief, but it could command only a scattered and half-hearted interest throughout the rest of a nation which was becoming progressively urbanized. Public spirit was at low ebb; over the World Court, the oil scandals, the Nicaraguan situation, the American people as a whole refused to bother themselves. They gave their energies to triumphant business, and for the rest they were in holiday mood. "Happy," they might have said, "is the nation which has no history—and a lot of good shows to watch." They were ready for any good show that came along.

It was now possible in the United States for more people to enjoy the same good show at the same time than in any other land on earth or at any previous time in history. Mass production was not confined to automobiles; there was mass production in news and ideas as well. For the system of easy nation-wide communication which had long since made the literate and prosperous American people a nation of faddists was rapidly becoming more widely extended, more centralized, and more effective than ever before.

To begin with, there were fewer newspapers, with larger circulations, and they were standardized to an unprecedented degree by the increasing use of press-association material and syndicated features. Between 1914 and 1926, as Silas Bent has pointed out, the number of daily papers in the country dropped from 2,580 to 2,001, the number of Sunday papers dropped from 571 to 541, and the aggregate

左側ページに鉛筆で二郎の書き込みがある

への手続などと歩き廻り、家の焼跡にも寄ってシャベルで土蔵を掘ってみるのだった。「数百冊ノ書物モスッカリ焼ケテ取リ返シガツカヌ。十年間ノ日記モ灰、モウ何モ思イ出スマイ。唯、勝ツマデ黙々ト仂クノミ」。書物が灰になったことが彼にとっては一大痛恨事で『ファーブル昆虫記』は大事にしてたんやと悔しがっていた。

彼がもし、二〇一一年の東日本の地震、津波被害とそれに追いうちをかけた原発事故を見たらどう思うだろうか。十八年前の北海道奥尻島の大津波のとき、彼は、死の淵をさまよっていたにも関わらず「奥尻島はどうなったの？」と心配げに問うので、「まあーこの人は！」と私はびっくりしたのだった。

大阪の工場に復職したのも束の間、四五年四月の召集で宇品の船舶部隊暗号教育隊に入隊、山口県江崎に派遣された。そして敗戦。

ずっと後年、彼はボソッと語った。「終戦を知った午後、一人で山に登り海を眺めながら、生き残った兵隊の自分はこれからどうしたらよいのかと、唯、呆として夕暮まで座りつづけていたが仕方なく隊へ戻った」と。

九月十日復員。彦根までどうして帰ったのか憶えていないそうだが、途中で降り立った広島の灰燼と化した光景は、彼の戦後思想の原点になったと思える。

PELICAN BOOKSのメモは続く。「十月九日。一体我々ハ現代ノアメリカヲドウイウ目デ見レバヨイノダロウカ。アメリカノ言ウトコロニ依レバ、日本人ハ軍閥ト財閥ニ欺サレテ戦争ヲ始メタ。此等ノ閥ハ今回ノ戦争責任者犯罪者トシテ罰セラレネバナラヌ。米国ハ、コレラヲ徹底的ニ解体シ真ノ平和ヲ愛スル民主主義的ナ政治ヲ導入スルトイウ。我々ハ又々ココデ彼等ニ欺サレテハイケナイ。兎ニ角アメリカガドンナ下心ガアルカ、コレガ問題ダ」。価値観が一変し、情報の乏しい中で思案にくれている。彼が国内外の戦争について学び出したのは、『朝日評論』『科学朝日』『世界』『辺境』などの雑誌を購読したり、岩波文庫の『ローマ帝国衰亡史』を貪るように読み始めてからである。

滋賀県あいば野の開墾地へ入る

次にメモをするのは四五年十二月一日である。戦時期の満蒙開拓団はデタラメな棄民に終ったが、戦後も同じようなことが行なわれていたようで、二郎のメモは一復員者の拙い記述ではあるけれど採録してみよう。

饗庭野ノ開墾帰農ニ足ヲ踏ミ入レテヨリ丁度一ヶ月ト半ニナル。最初ハ陸軍職業補導部ノ全面的援助ヲ受ケテ、復員軍人ノ開墾事業ハ実ニ英雄的事業ノ色彩ヲ帯ビテイタ。敗戦ニ至ル迄身命ヲ賭シテ御奉公ニ挺身シタ人々ガ、状況ノ急変ト共ニ今度ハ食糧ノ重大危機ニ直面シテ、其ノ増産ニ邁進シヨウトスル意気ハ誠ニ壮ナルモノデアッタ。故ニ補導部トシテモ開墾費、地代、生活費ヲ全ク無償デ、立派ニ帰農ノ暁迄我々ノ面倒ヲ見テヤロウト言ウ意気込ミデアッタ。然シ軍ノ力ハ日ニ日ニ凋落ノ一途ヲ辿ルノミデアッタ。敗戦ノ責任ト言イ終戦前後ノ背徳行為ト言イ、臨軍費ノ使途ニ対スル疑惑ト言イ、何モ彼モガ信用ヲ失ウ素因トナッテ軍ノ主催スル我々ノ仕事ハウマクイカナカッタ。加エテマッカーサー司令部ハ補導部ノ存在ヲ認メナクナッタ。之ガ遂ニ致命的ナ痛手トナッテ我々ノ望ミハ儚ナク崩レ、何モカモ有償ノ農地開発営団ガ軍ニトッテ代ッテ開墾事業ニ手ヲ出スコトニナッタ。此ノ間ノ転変ノ遽シサ、敗戦ノ惨メサハ言語ニ絶シタモノデアッタ。軍ガ我々ニ約束シタコトハ悉ク偽リトナリ県ノ役人共ハ敗戦ノ混乱ヲ口実ニ怠業ヲヤリ、依然トシテ官僚ノ弊ハ去ラズ、仕事ハ極メテ非能率的。挙句、時機ヲ失シタ農作物ハ収穫皆無トナリ、雪深イ此ノ軍用地ニ唯ヤット冬籠リノ用意ヲ最低限度ニ整エルコトガ出来タノミ。最初ノ計画ヤ理想ハ悉ク消エ、我儘勝手ナ我勝チノ混沌トシタ有様ニ陥ッテ終ッタ。

かといって、彼にはここを飛びだすほどの才覚も気力もなくてひと冬を過している。次からは書体を平仮名に変えている。くどいようだけれど、あと三日分のメモも記しておきたい。本稿に夫のことを書くので、初めて読んだ PELICAN BOOKS のメモである。謙虚な彼の意に反するかもしれないが、私としては皆さんにこのような形で読んでもらうことで、空襲にも戦争にも死なずに生きのびた人のメモに光をあててやりたいと思う。

私が結婚してあいば野に住む前年の冬の情景である。

十二月九日、朝から雪まじりの雨。丁度十二月一日に北の遠い山々に初雪が来た。夕方二坪の畑に麦を播いた。土が凍らねば十日くらいで発芽すると裏のお百姓がいう。

十二月十七日、朝七時ではまだ薄暗い。毎日この頃に起きる。みぞれ、しぐれの毎日で畑仕事は十日を過ぎるととても出来ない。昨日久し振りでよい天気が廻ってきたので、甲塚へ薪の搬出に出かけた。何時行っても甲塚から四方の眺めはよろしい。午後から又曇り。殺風景な廠舎の個室に起居して、毎日二人ずつの食事当番が作る飯をたべ、雨かみぞれの日は終日焚火のそばで無駄話に過し勝ち。読みたい本は何もなし、大阪で焼けた書物がたまらなく惜しい。こういう冬に買って置いた本を読まねばもうこんな機会は二度とないのに。芋はもう食って終って淋しい。昔の暮しがなつかしくて堪らぬ。

十二月十九日、昨日朝以来雪がふり続いている。膝まで没するこんな大雪は生れて初めてである。スキーを履いた。これも生れて初めて。小さな坂を滑った。面白い、愉快である。彦根も寒むかろう。

ブックへの記述はこれで終っている。

慶びも悲しみも重なって

私たちが結婚したのは四六年四月二十九日。第二章で触れたように降って湧いたような縁談であった。二郎の妹の連れ合いが、私の父と同じ東洋紡の社員で、復員してきた義兄に小谷さんの娘さんはどうかという話であった。古川の父は大乗気で私の両親が疎開していた辺鄙《へんぴ》な伊勢の円座まで出かけた。私の父は生憎《あいにく》不在だったが、母と祖母が客を迎えた。ところが目当ての姉は縁談が進んでいると知り落胆した客に母が、「十九歳の妹がおりますけど」と言ったら、初対面なのに母に好感をもったらしい古川の父は、「ぜひ妹さんに会わせてほしい」となり、はるばると私たち姉妹三人が住む箕面にやってきたというわけである。

私はその日、畑で種薯を植えていた寒い日だった。火鉢一つの座敷で、せめてあたたかいものを、と、おうどんでもてなした。言葉遣いがていねいな物ごしのやわらかい人だと思った。

母は母でせっかくの縁談だからとすぐ行動を起こした。まず彦根で古川家を調べ、その足で雪のあいば野に二郎を訪ねている。軍の兵舎を開拓者の宿舎にした殺風景な部屋で、二郎はきちんと畳んだ自分の白い軍足を「足が冷えたでしょうからお穿きください」と勧めたそうである。通路の柱に貼ってある「整理整頓」の文字に感心したり、純粋そうな人柄に母はたちまち惚れこんでしまったのであった。

双方の親たちには文句なしの縁談だったが、当の私たちが「お見合い」をしたのは、姉の婚礼があった四月七日の翌日で、婚礼を挙げた箕面のその座敷で両方の親も揃って行なわれた。床の間の乙女椿が愛らしくきれいだった。二郎は兵隊服に戦闘帽姿で現われた。どんな話が交わされたのかまったく憶えていないが、二郎が帰り際に「私でよかったら、ぜひ来ていただきたいと思います」と言った。私は、母が見立てた通りの含羞《がんしゅう》の人だと好もしく思った。こうして話はとんとん拍子に進み、その月の二十九日に彦根の天神さんで結婚式を挙げた。

私は、その日から日記と家計簿をつけ始めている。すっかり忘れていた事だが、彦根駅から美容院や式場や家への移動にサイドカーに乗っていたのがわかる。両家とも身内だけの列席ながら、自宅での披露宴の御馳走にはおどろいた。どうして整えたのか、古川の父の悦びを表わしたような豪勢な宴であった。

二日後、私たち〝ままごとのような夫婦〟は、滋賀県今津町あいば野廠舎《しょうしゃ》で新生活を始めた。あいば野は陸軍の実弾演習場であったが、今も自衛隊の基地がある。日米合同演習時には、反対闘争に人々が参集する。

敗戦後の一時期、復員や引揚げの家族が幾棟もある兵舎を住み分け、丘の上の痩せ地を開墾して甘藷《かんしょ》を作った。私たち夫婦もその仲間であった。しかし二郎のメモにもあるように、事業は不首尾に終り、私たちがあいば野で暮したのは一年三カ月である。

その間、五、六月に続けて兄の戦死の報、十月には古川の父の不慮の死と、私の祖母の死が続いた。そして私の両親は息子の戦死を知った悲しみの円座から、大和竜田へ移った。

一年三カ月のあいば野のくらしは、淡い憶い出だけれど、夢の世界のようで懐かしい。断捨離なんて縁遠い、無い無いづくしの新婚生活でも結構楽しかった。思い出すまま少し書いてみよう。

JR湖西線を当時は江若《こうじゃく》鉄道といい、大津から琵琶湖沿いに海津《かいづ》へと走るジーゼルカーからは美しい風景を楽しめた。今津《いまづ》は高島から安曇川を越えた湖北の小さい集落で、駅から古い商家や住宅を抜け、ゆるやかな坂を上った平地に何棟かの兵舎と事務所があった。その中の東側の一棟が私たちの新居。窓から湖が見え、竹生島《ちくぶしま》は声が届きそうな近さでまるで浮かんでいるような感じであった。長い棟の三分の一は土間を挟んで個室が三つずつ、あとの三分の二は板張りの広場で、多分兵隊はここに二段ベッドで寝ていたのかもしれない。まん中の土間に穴を掘って、秋に収穫した芋を囲った。私たちは個室を三つずつ二世帯で使った。お隣りさんは、大阪空襲の被災者で、商家の初老の旦那と妻とお妾さんが仲良さそうに暮していた。私たちの三部屋は、簡粗な流しのある台所と、寝室にだけ畳があった。小さい机と本棚と整理箪笥が一つだけ。煮炊きの七輪にお鍋が二つとやかんと僅かな食器と洗面具、大体こんなものだったと思う。棟の真中の重い引戸をあけると別棟に共同便所と洗濯場があった。

封鎖預金のある私たちは、世帯主は一カ月に三百円、家族は百円のお金が引出せたように思うが、お金のない人はどうしていたのだろうか。隣接地に進駐軍が駐屯していて、労役賃を稼ぐ仕事があり、二郎も三度くらいは出たことがあって、アメリカ兵が吐き出したガムをこそぎ取るときの屈辱を洩らしたことがあった。

湖は澄みきっていて、うみ辺の家はお米や食器の洗い場を作っていた。夏の月夜の晩、私たちは泳ぎにいった。静かな水面に金色の光がふり注いでいた。銭湯は駅の近くにあり、帰りはいつも二郎が表で待っていてくれた。風呂賃は初め一円五十銭だったが、半年後二円であった。家計簿はそれぞれが使った金額を記帳しているのが面白い。そんな事もすっかり忘れていたので今見るとほほ笑ましい。

野菜は兵舎の横で作っていたが、さつま芋畑は「これから峠」と呼ばれていた広くて長い勾配のきつい坂を登りきった平地に三百坪程を借りて開墾した。手に豆ができてばい菌が入って腫れあがり、駅前の医院で手術をした傷あとが今も残っている。芋畑の台地は遠くの山まで広大な平地で、実弾演習が行なわれ戦車が走り廻っていたのであろう。

丘を下ると田圃の中を天川という小川が流れていて、二郎は網で泥鰌や小魚をとることを覚えて、そんな時の彼はまるで少年であった。八幡さんの森では丈長の柔かい蕨が面白いくらい摘めた。鍋に入れて灰をふりかけ、熱湯を注いで落しぶたをしておくと翌日には真青な歯ごたえのよい野の幸が食卓を飾った。

ところが、兄二人の戦死、古川の父の急死、祖母の死と、悲しみにくれる出来ごともあった。兄の戦死の報は五月六月と続けて母からの電報や手紙で知った。私たち二人が書いた悔み状を、母は何度も何度も胸が痛くなるくらい読んで泣いたという。私は兄の死よりも母の悲しみを偲んで、炊事をしながら、畑を打ちながら、ボロボロと涙を流した。

十月二日、義父寛二郎の死は思いもよらない事件であった。それは、金策のため大阪に出てきて銀行を廻っていた父を、ずっとつけねらっていた男が、梅田に焼け残ったホテルで父と同宿、焼跡で拾った鉄棒で寝ている父を殺害、腹巻きのお金を奪った。この事件は新聞にも出て、その後、男は余罪があって逮捕されたという。敗戦後の不穏な世情ではそう珍しくもない痛ましい事件であったが、私たち二人には、これから長く続く憂き世の苦労の序幕のような試練の年であった。

四六年秋、私の両親は伊勢から大和竜田へ移り、私たちは翌年七月、現在も住んでいる箕面へ帰った。二郎は大阪で商売の真似ごとのようなことをしたり、会計事務所につとめたりしたが、最後は、戦争中に働いた工場の工場長が、戦後、冷機部品工場を経営していて、ぜひにと懇願されて入社。会社の経理をたて直し、バブルにのって会社は発展し、八一年三月、六四歳で退社。二四年の勤務であった。

会社勤めから解放されて

二郎が意に沿わない勤めから解放された日、八一年三月十八日は、その翌日に箕面忠魂碑違憲訴訟一審の法廷で、私が原告団長神坂哲さんの尋問に答えるという重大な日であった。あいにくなことに、その夜は神坂宅で最後の打合わせをする約束になっていた。二郎としては私の手を取って小躍りしたいくらいの晴々しい気分で帰宅してきたのに、妻は心もそぞろに「おめでとう。お祝いは明日にね」と言って早々に出かけてしまった、という悲劇。

その夜遅く帰宅したら、二郎は食卓のご馳走には手もつけずにやすんでいた。その日以来何日も心をふさいだままの夫を私はもて余したのだった。会社が不愉快でだんまりをする事は以前にも時々あったけれど、あの日は私の気持に余裕がなかったからとか、大事な日にどうしてもっとうまくやれなかったのかと、いつまでも悲しみが尾を引くのであった。

箕面忠魂碑違憲訴訟を七六年二月に提訴した時、二郎は私と一緒に原告になっていた。

原告九人は、みんな戦中生れだが、従軍体験者は二郎だけで、戦死を讃美し、殉国精神を誇示する靖国・忠魂碑はダメとする彼の原告参加は心強かった。勤めの関係で法廷にはほとんど出なかっ

箕面忠魂碑違憲訴訟の仲間たちと
（左から、熊野勝之弁護団長夫妻、二郎と筆者、
神坂玲子さんと息子直樹さん）

たが、ニュースの発送などは楽しんで仲間入りをした。とりわけ忘れられないのは、八七年十二月十日、上告理由書提出最終期限という夜、弁護士事務所での作業の時、二郎が穴のあいた定規と電気ドリルを持参してきたので、面白いように仕事がはかどった。焼けるドリルを濡れ雑巾で冷やしながら全部綴じあげ、数個のダンボールに入れて原告・弁護団、支援者らが深夜の街を〝聖者の行進〟だとはしゃぎながら大阪高裁へ向い、十二時前に提出できたのだった。あの日は原告古川二郎の、面目躍如たる日であった。

　退職してから亡くなるまでの十二年間、写真は現像から引伸ばしまでやっていたし、大工仕事は電動工具を買って、机や椅子、本棚、網戸、キウイの棚まで本調子に、きちんと図面を引いて念入りに作ってくれた。

彼の本を時々開いてみると、書き込みや線が引いてあって、楽しんで読んでいたようすが偲ばれる。病床で最後に読んだのは、四九二ページものボリュームがある、家永教科書裁判に提出された訴状の合本「上告理由補充書（八）」で、「これはいい本だ。あんたも読みなさい」と勧めてくれたが、私は未だに読んでいない。先に述べた退職の夜から長く私に冷たかった日々のことが、よほど気になっていたようで「今からでは遅いけれど済まなかったねえ」と言い涙を一筋ツーと流した。

九二年五月、検査入院で肝臓がんと判明。

九三年七月、死去。七十六歳。

伊藤ルイさんが、たびたび見舞いに来られた。二郎の生年月日は『メディスン・ホイール――シャーマンの処方箋』（ヴォイス）によるとトルコ石とおおばこが「気分を安める」そうだと、自分のトルコ石の指環とおおばこを二郎の枕辺に置いてくださった。

母の眼鏡にかなった二郎は、私のよき出会いの人。遠くに逝っても常に傍らに居る人である。

第五章　ランソのヘイ、松下竜一さんのこと

松下さんからの初めての手紙

「懇切なお手紙と多額な御送金を拝受致しました。ありがとうございます。お母さまのこと心からおくやみ申しあげます。私は若いうちに母を喪っています。お礼に本を贈ろうと思って、しかし近年の私の著書はほぼお読み下さっているので困りました。(『檜の山のうたびと』のあと、『風成の女たち』『暗闇の思想を』『明神の小さな海岸にて』を買ったと知らせていた)以前の本は絶版で手元に一冊しかないものばかりですから。『絵本切る日々』は自費出版本で手元にやっと二冊ありましたので贈ります。『5000匹のホタル』は児童図書ですが、むしろ大人に読んでもらうつもりで書いたものです。来年、新藤兼人氏らの手で映画化されることになっています。「草の根」旧号は欠番が多くて御希望に添えませんが、今後きちんと送ります。」

これが原稿用紙一枚の松下竜一さんからの第一信で、日付けはないが戴いた本の裏がわに私が「七五年五月二四日」と書いている。黄ばんでしまった三七年前のうれしい手紙である。

ことばの森、ことばの海

贈られた『5000匹のホタル』には「言葉の森を茂らせよう」とサインがあった。どういう意味かしら、と読みはじめた私は、すぐに自分の無知に恥じいった。その本は松下さんが大分市のろう児施設《あかつき学園》を取材して書いた児童小説である。若い梶木玉子が保母の資格をとってこの学園に来て、園長先生に問うところ辺りから抜き書きしてみよう。

「いったい耳の聞こえない、もののいえない子たちとどうやって話し合えばいいのでしょう?」
園長はこう答えた。「相手が、聞こえない子だという意識を忘れることですよ。聞こえているつもりで顔を向けて根気よく言葉をかけつづけるのです。子どもらを、ことばの森、ことばの海で、つつみこんでしまうといったらいいでしょう」。また玉子が、ろうあ学校といったとき園長先生は、「梶木さん。ろうあ学校ではありません。ろう学校です。ろうとは聾と書き耳の聞こえない人。あは唖と書き、ものの言えない人のことです。なぜものが言えないかというと、耳が聞こえなくて小さい時からことばを聞かずに育つので、ことばを知らないのです。訓練しだいでことばを言えるようになるのです」。言葉のない世界がどんなものか考えたことがあるかと問う園長先生に玉子は口ごもると、「赤ちゃんはいつの間にかことばをおぼえて言いはじめます。それは赤ちゃんをとりまいて、ことばの海があり、ことばの森があり、赤ちゃんは聞きつづけるうちにおぼえるのです。ところがろう児は聞こえないのだから、ことばのあることすら知らないで育ちます。考えるということは、頭の中でことばをあやつっていることでしょう。ことばがなければ考えることすら自由にはできないのです」。

言葉の森、言葉の海で赤ん坊がことばを覚える。私はいまさらながらその深い意味を知った。自嘲ぎみに「売れない作家」と歎く松下さんの本にしては珍しく版を重ねたという。松下さん自身、生後八カ月頃、急性肺炎の高熱で右目が見えず、飲み続けた薬のためか左の耳が難聴であった。

私がはじめて読んだ松下さんの本『檜の山のうたびと』は、昭和八年、十九歳でハンセン氏病療養所に入り、四十九歳で死を迎えるまで秀歌を詠み続けたアララギの歌人、伊藤保の生涯を描いたものであり、孤独の中で宿痾《しゅくあ》と闘いながら充実した生を求める伊藤保に、文学的共感から彼の生を辿る松下さんのやさしさに私は心を奪われたのであった。片や、私の夫が差し出した雑誌『終末から』に登場するのは「ランソのヘイ」七人の隊長、松下竜一である。九州電力を訴える闘いに加えてゲリラ的行動をも展開し、その外的効果でもって法廷を揺るがそうとする乱訴の隊長の劇場的風景描写に私は笑いが止まらなかった。

この雑誌は七四年九月号が終刊号であったから「たのむ、やめんでくれ……」という愛読者の声が殺到した。中には「松下竜一さんのレポートだけでもこの雑誌の存在価値があるのだと、わがランソの一兵卒は思っている。金がないなら（五百円を）千円にしてもいい。圧力があるなら『終末から』社を作れ！」（大阪・縫製業二三歳）とまあ、こんな具合に惜しまれながら、編集者原田奈翁雄氏は「……私たちがついに〝終末〟を退け得るか否かは、私たちのその歩みが決定するであろう。読者よ、さようなら」と記している。

立て、日本のランソの兵よ

雑誌に連載の「立て、日本のランソのヘイよ！」は、『終末から』に第四回目の未完で終ったのだが、翌七五年十月には『五分の虫、一寸の魂』として、抱腹絶倒の小説風裁判記を筑摩書房から刊行。ちょうどその頃、私の住む箕面市で、忠魂碑移設再建問題が起こった。その事は後で詳述するとして、税金で移される忠魂碑が、自宅の目と鼻の先にやってくるのにおどろいた神坂哲、玲子夫妻の呼びかけで、市に対して監査請求を出したが却下され、ならば裁判をおこそう、というところまで進んでいた。

ところが、自分が裁判をするなどとは考えたこともなくて怯んでいた私に、決意を促したのは『五分の虫、一寸の魂』であった。「我れ呼号す」と題された冒頭の文章は、「この物語の発端は、ぼくの午睡からである。一九七三年夏某日、昼さがりであった。（…）ぼくの脳裡になぜか〈ランソのヘイ〉という一語が浮かびきたのである」と始まる。そしてそれは「日本国革命の確実な一手段」であり、「ぼくがやらねば誰がやる」と宣言し、ランソのヘイについて次のように説明する。

ランソのヘイとは何ぞ。まだ皆意外と気付いていないが、（…）日本政府がひそかに最も怖れているのが、このランソのヘイなのだ。（…）即ち、濫訴《らんそ》の弊《へい》である。

なぜかくも濫訴の弊を怖れるかというに、そもそも庶民が軽々しく法律になじんでは、日本政府たるもの滅法やりにくくなるのだ。（…）庶民たるもの妙に頓智があって、いったん法律になじみ始めればヒョイヒョイとウラをかき始めぬとも限らぬではないか。日本政府にとっては由々しきことであろう。（…）そうだ、あの広く流布している庶民伝説〈裁判を一度ぶてば家産をつぶす〉というささやきこそ、日本政府がひそかに流した策謀的蜚語だったのだ、とぼくは看破した。

そして、「日本中の庶民たるもの、総がかりで裁判を起こさねばならぬ」と呼びかけるのである。

さあれ、今は戦闘開始である。（…）ぼくがまず敢然と雄々しき大裁判を打つ、されば続きて〈立て、日本のランソの兵よ！〉

痩身四二キロ、猫背の万年肺病青年松下竜一は大分県中津市船場町、軒低き貧しげな家の一室で、全日本に向けての呼号を放った。

その呼号が心地よいまどろみの迷妄でなかった証拠に、松下さんは大裁判に打って出たのである。一九七三年八月二十一日、松下さんを隊長とする豊前平野の善良な市民七名は、九州電力を相手どって、福岡地裁小倉支部に「火力発電所建設差止請求訴訟」を提訴したのであった。〈環境権〉という新法理を掲げての訴訟であった。

松下さんの痛快なよびかけで、裁判に対する私の不安はややうすらいだけれど、生来ひっこみ思案の私には、機智や度胸が欠けていて〈ランソの兵〉たる資格がないのではというためらいがあった。ところで「我れ呼号す」は次のように続くのである。

「ランソの兵をこころざす者のココロガマエは、一にも二にも〈軽はずみ〉を要諦とする。(…)なによりもいけないのはシンチョウの心にとらわれることである。」

偉い人ほどシンチョウの心に囚われやすくて、革新的弁護士、革新政党幹部らが次々に九電闘争から脱落していったのだという。振りあげた拳を潮時をみておろす芸当などできない同志七人が、熱涙をうかべて「ぼくがやらねば誰がやる」と唱和して、結局、弁護士なしの原告本人訴訟を始めたというのであった。

〈軽はずみのココロ〉はたちまち私にのり移り、いとも軽やかに「箕面忠魂碑違憲訴訟」に加わったのであるが、私の夫の不安はもっと実際的で「弁護士の費用をどうするのか」というシンチョウ派であった。ところが神坂さんが「弁護士は頼みません。書面は全部私が書きます」ということでこちらも原告本人訴訟で一件落着。しかし、中小企業のサラリーマンであった夫にとって、町のヤスクニである忠魂碑訴訟の原告になるからには余程の覚悟が要ったであろう。二度召集された元兵士の彼は、天皇の戦争責任を問う人であった。

かくして、わが箕面でも九人の濫（乱）訴の兵が箕面市長と教育委員会を被告にして七六年二月二十六日、大阪地裁に提訴した。その後、松下さんから来たハガキには、「そちらは〝九人の侍〟ですか。忠魂碑を相手とは面白いですね。やり始めたら、裁判というもののくだらなさにガックリすると思いますよ。その時〈ランソの隊長〉の無責任な煽動をうらみませんように！（以下略）」とある。私が松下さんへの手紙に、『五分の虫、一寸の魂』を仲間に回覧したところ、大いに刺激されてその人たちも原告に加わったと書いたからであった。

松下竜一の略歴

松下竜一さんをご存知の方は多いと思うけれど、ここで簡単な経歴を記しておく。一九三七年大分県中津市で、六人姉弟の長男として生まれる。八カ月の頃、肺炎の高熱で右目失明。この時の肺のう胞が宿痾となって、生涯、喀血や咳で苦しむ。五六年十九歳のとき、母急逝。大学進学を断念して家業の豆腐屋を継ぐ。二十五歳頃から短歌を朝日歌壇に投稿。初入選は〈泥のごとできそこないし豆腐投げ怒れる夜のまだ明けざらん〉（六六年）、二十九歳で洋子（十八歳）と結婚。六八年、三十一歳のとき長男健一誕生。『豆腐屋の四季』を自費出版。六九年、連続テレビドラマ『豆腐屋の四季』始まる。次男歓誕生。七〇年、豆腐屋を廃業し作家生活に入る。七二年、梶原得三郎と出会う。七三年、「草の根通信」創刊。豊前火力建設差止裁判提訴。七八年、杏子誕生。八〇年、大杉栄、伊藤野枝の四女伊藤ルイと出会う。八一年、福岡地裁は豊前火力第一審棄却。垂れ幕に「アハハ……敗けた、敗けた」と書く。八五年、最高裁棄却。その前年より原発現地を取材。二〇〇四年、死去。六十七歳。「草の根通信」三八〇号で終刊。著書四十冊以上。別に河出書房新社より『松下竜一　その仕事』全三十巻が出されている。

三・一一原発事故以降『暗闇の思想を』（朝日新聞社、一九七四年）が読み直され再評価されている。

寒空の下で四国電力への抗議行動を行なう松下センセ

通信の束をひもとく

今回松下さんを書くにあたってまず始めたのは、二百通近い書簡の整理であった。そのほとんどに日付がないので大弱り。途中からは私が受け取った日付を書くようにしたが、消印の不明瞭なのは文面で推測したりで苦労した。

松下さんと出会って三七年間に、よくまあ！と思うくらいの束である。ハガキと封書が半々くらいで、その他に各新聞社や雑誌等の依頼原稿のコピーなどが多数ある。信書のほとんどが「ご送金とお手紙を有難く拝受いたしました」で始まっているから、「草の根通信」の購読者は年々増える一方であったというのに、その人たちのすべてに自筆で受け取り状を出されていたのであろう。八一年三月六日のハガキには「一〇〇号記念の三月号はなんと一九頁に及ぶ座談会で〝通信〟の内情をあけすけに伝えています。今日は咳の発作で、どうも気力がありません。ハガキを一七枚書いたところで、もうなんだかグッタリです。お宥し下さいこんなハガキで」とあって、しつこい咳に苦しめられながら、読者へのお礼のペンを走らせている松下さんの姿が眼にうかぶ。「草の根通信」の帯封には印刷の宛名ラベルが貼ってあったが、私信は表も裏も手書きで、八九年末からは封筒の裏面が印刷したものになったが、表の宛名はやはり手書きであった。

私は、七四年末、何か意志あるものに動かされるようにして眼に留まった本、『檜の山のうたびと』(筑摩書房)をよみ、同じ筑摩書房の『五分の虫、一寸の魂』『絵本切る日々』、朝日新聞社の『暗闇の思想を』『風成の女たち』などを次々とどれほど胸熱く読んだことであったろう。それまでは名さえ知らなかった松下さんに、私は頻繁に手紙を出したのだった。そして間もなく私も箕面忠魂碑訴訟の原告になり、お互いが裁判の支援者となった。次の手紙は、箕面忠魂碑訴訟を始めて二年半頃の来信で、七七年九月二十日の消印がある。

裁判長が問題をしぼれといい、隊長さん(神坂哲)が益々円周を拡げるという。そのやりとりは、こちらの体験からしてまるで目に見えるように分ります。愉快な隊長さんですね。もっか、こちらの隊長さんはまことにションボリしていて（その理由は次号草の根のずいひつで報告しますが）意気あがりません。歯もスースーと風が通ってものいいもうまくいかぬ有様です。

原告本人訴訟の私たちのランソの隊長、神坂さんが、水も洩らさぬような緻密な準備書面を提出するので、裁判長が注意を促すことがたびたびであった。松下さんからの七九年一月二十六日の手紙は六枚で、映画の一場面のようである。長いけれど、書き写すことにする。読んでいると〝草の根〟編集作業の実況を垣間見るようである。

今夜は〝草の根〟二月号の編集仕上げです。得さんの離れにストーブを囲んで八人集まっています。集まっているメンバーと、夫々が何をしているかを紹介しますと――

原野嘉年君（25・市役所埋立係）松下センセの巻頭記事のタイトルを黙々と描いています。とにかく黙っている男です。たいていはねむっているか少年週刊誌を見ているか碁の本を見ています。原稿を書かせようとしても絶対に書きません。そのくせ黙々と一人で発送作業をやったりする様な若者です。（坂本センセ門下、九大出身）

坂本鉱二センセ（39・九大助手）二月の海戦裁判の宣伝を描いています。この人のポスター作製は年季が入っています。シルクスクリーンでは中々の腕です。いつもカバンにはイラストを描くに要する道具一式が入っています。これで専門が土木ですから呆れます。

合沢健君（30・毎日新聞記者）寒がりで、部屋の中でも魚釣り用の毛皮ジャンバー着てストーブに接近しています。松下センセに命じられて刑事裁判に提出する証拠写真の整理を大森君と二人でやっています。

大森宏君（26・薬品問屋勤務）合沢君ともども、余りイラストやタイトル描きの才乏しく、よって松下センセに命じられて写真整理中。合間に皆にお茶をついだり人の好い若者です。いいお嫁さんを持たせてやりたいものです。

今井のり子嬢（28・農業）当会のイラストの主柱的存在で、今夜も次々に押しつけられています。尤も彼女の妹の方がもっと専門的で、二月号の表紙も妹さんの作。ただし、ハニカミ屋で学習会には出席せず。のり子嬢は、「私、結婚なんかしない」というかたくなさで、そばにいる中年男（！）としては早く結婚させてあげたいという気と、このままいつまでもマスコット的存在たらしめたいという心情に相克しています（？）

狩野浪子嬢（45・大学職員）だいたい彼女は、おっとり（というか超然というか）構えていて、こんな編集雑事には一切手を出さないのです。今夜はヒマラヤ帰りで（雪焼けして）二月号のインタビュー（狩野さんに今井さんが聴く）に挿入するヒマラヤ写真を、ゆうゆうと選択中。合沢くんが、自分の仕事をさぼって、そのヒマラヤ写真をのぞきこんで彼女の話を聞いています。

梶原得三郎君（41・さかな屋）なんと、もう編集が終って、タイプも打ち終えて最後の貼り込みを皆でやっているというのに、彼一人『さかな屋の四季』執筆中！いつもこうなんですからねえ。毎月しめ切りはわかっているのに、こんなふうになるのです。わが弟（タイプ担当）が、何度も「最後の原稿はまだか？」とさいそくの電話。

松下センセは、柱に背をもたせて全員を監視している。たとえば、坂本センセが、つい眼の前の得さんに話しかけようとすると、『あっ、得さんに話しかけてはいかん。原稿が遅れる！』といった具合。のりちゃんと狩野さんに『ウーム、ヒマラヤ旅行記というタイトルは面白くない。ヒマラヤを歩いたーに書き直しなさい』といった具合。

ま、大体、こんなふうで〝草の根〟は毎月できあがっていくのです。　一・二五記

松下さんは〝先生〟と言われるのを嫌って自らを松下センセと呼び、これが皆に好まれて定着した。

珍しく日付はあれど、封筒の消印で五四と読めるので昭和五十四（一九七九）年二月号第七五号の編集風景である。

月刊「草の根通信」とは

私が「草の根通信」の読者になったのは、松下さんと文通を始めた七五年五月であったから、六月号第三〇号からだと思う。手元には第一五号からあるので、多分後で送ってもらったのであろう。〇四年六月に松下さんが亡くなって「草の根通信」は三八〇号が最終号となった。そのすべての号

の「ずいひつ」欄は松下センセの執筆で、終わりのページの「ろくおんばん」は、主に松下門下の多士済々が身辺を述べる面白おかしい欄であった。

「草の根通信」はその題字の横にサブタイトルの「豊前火力絶対阻止」とあり、さらに一九八二年二月号からは「環境権確立に向けて」という標語に替わった。これらが示す通り、「豊前火力建設差止訴訟」の機関紙として発刊され、「海はみんなのもの、きれいな空気や海を確保する権利は住民の誰もが持ち、その環境を子孫に引き継ぐ義務を持つ」との環境権という考え方は全国各地で反権力、反公害、反差別をモットーとする人々の共感をよび、「草の根通信」はそれら運動の発表や、連帯の場ともなった。生前の松下さんに伴走し、今は「草の根の会」の代表として竜一忌を主催する梶原得三郎さんは言うのである。

「『草の根通信』は、松下竜一のもう一つの作品だ。さらに言うなら、松下さんの依頼に応じてみんなが原稿を書いたからだ。そして読者がいたからだ。一九七三年四月の第四号から二〇〇四年七月の第三八〇号まで、休みなく発行され続けた『草の根通信』は、歴史に記録されると思う」と。

作家としての松下さんは、関わった闘いの中から数々の作品を生み出していった。その主だったものだけでも『風成の女たち――ある漁村の闘い』(朝日新聞社、一九七二年)、『暗闇の思想を』(前掲)、『五分の虫、一寸の魂』(前掲)、『砦に拠る』(筑摩書房、一九七七年)、『記憶の闇――甲山事件「1974→1984」』(河出書房新社、一九八五年)、『狼煙を見よ――東アジア反日武装戦線狼部隊』(河出書房新社、一九八七年)がある。

このように読者に開かれた場としての通信は、各地に根を張っていったのだった。なかでも伊藤ルイさんと松下さんとの出会いは、「草の根通信」を一層飛翔させ人と人をつないだ。

八〇年一月、ルイさんとはじめて出会った松下さんは、彼女がただ者ではないと直感し、唐突に彼女の昭和史を書きたい思いがこみ上げたという。その作品『ルイズ――父に貰いし名は』（講談社、一九八二年）は、第四回講談社ノンフィクション賞を受賞した。その本はいま、講談社文芸文庫版になっている。

私が出した手紙の文に松下センセがタイトルを「碑によせて」として「草の根通信」に出されたのは、七六年十一月の第四七号であった。本格的に忠魂碑訴訟を書いたのは、八一年一月第九八号の特集〈一九八一年はこんな風に生きてみたい〉で、私は「再び戦争への道を許さないための私なりの抵抗」として、訴訟を闘いつづける決意を述べている。特集の十二人の中には伊藤ルイさんの名も含まれていて、彼女の「日本政府の〝核のプログラム〟を見抜かねば」という文に私は注目していたが、この時私たちはまだ出会っていない。しかしルイさんも、「箕面忠魂碑訴訟」をしっかり受けとめておられたのであった。その年の十一月、福岡でのルイさん主催の反戦集会に私は招かれて忠魂碑訴訟の話をしている。それは一審勝訴の前で、傍聴者数人というひっそりした時期であっただけに私は驚いたが、ルイさんの出自を知ってはじめて納得した。この出会い以後、九六年六月にルイさんが七十四歳で亡くなるまでの十五年間、またとない得難い交流を重ねたのであった。

ルイさんのことは後にゆずるとして、私にとって計り知れないほど大きい存在の松下竜一さんに

特集「一九八一年はこんな風に生きてみたい」に忠魂碑訴訟について寄稿した『草の根通信』第98号（1981年1月）

ついて、その輪郭さえも十分に書けなかったように思う。

今後また随所にお出まし願うことにして、ペンを擱《お》くことにしよう。

第六章　箕面忠魂碑違憲訴訟、神坂哲・玲子夫妻のこと

　松下さんの次は伊藤ルイさんでしょ、と言われたが、その前に私の「よき出会い」のもう一翼は、箕面の忠魂碑事件を私と夫の前にドンと据えて「さあ、どうする」と迫ったかのような神坂夫妻である。天皇の「赤子」にされ、兄二人を戦争に奪われた私の後半生に、逃れられない反省を促し、指針を示したのはこの二人であった。その幕は次のように開けられた。

　一九七五年八月のある日、表を掃いている私に小走りで近寄って来たのは、市長選挙の市民運動で予《かね》て顔だけは見知っている女性である。〝長身でハキハキ発言するきれいな人〟と、私は少し眩しく思っていた。彼女は挨拶もそこそこに、「忠魂碑がうちらの校区の西小の仮運動場に市民の税金を使って移されるのを知っています？　それをあなたはどう思います？」と矢つぎ早に問うのであった。いきなりの質問に私は少したじろぎながら、「忠魂碑なんて見るのも嫌だし、兄たちが祀られているとは思ってないのよ。私には関係がないわ」と尻込みすると、彼女は、八六〇〇万

円もの市費を使って移されるのが、またもや教育の場であること（その碑は隣の校区の小学校にあり、プール建設のための移転）、お兄さんが戦死しているのに関係ないで済むのかとなかなか手きびしい。私は逃げの一手で、「天皇への忠死を誉め称えるための忠魂碑は、戦争犯罪物なのだから反面教材として残しておいてもいいのじゃないの」と言えば、「それなら大きな注釈板をつけて博物館にでもいれるべきでしょう」と切り返す。私は「反論」を失い、とうとう「税金を使って小学校に移すのはよくないと思うわ」と言った。その一言を引き出した彼女は相好を崩して「いまから直ぐ地域で反対運動をするつもりなので一緒にやってもらいたいの」と、訪問の核心に触れた。私は、九十二歳の父が前立腺がんだし、息子には子が生まれたばかりだし、外での活動はできない旨を告げると、「いいのよ、それは。遺族のあなたが反対だというのがわかればいいんだから」と、うきうきしたようすで後をふり返りもせず小走りに帰っていった。

婦唱夫随の如く

玲子さんは何事にも決断が早くて、遺族の思いを確かめた彼女の反対運動は一気に弾みがついた。哲さんは緻密で慎重。この時点では「婦唱夫随」のようであったが、否々、その間、哲さんは勤めのかたわら忠魂碑の歴史、機能、役割などの調査や研究を進めていた。彼はきわめて有能な税理士で、ほかに土地家屋調査士、不動産鑑定士、司法書士といった多くの資格の持主であった。調べだすと興味が増し深く広く掘り進めずにはいられない。

哲さんの徹底した調査と、玲子さんの慌ただしい動きの間にも碑の移設計画は進み、七五年十月十日に工事は着工してしまった。

その夜、哲さんはガリ版で「忠魂碑移設反対署名趣意書」を一気に書きあげた。これは彼がその死の直前まで、裁判のために書きつづけた七二万字の最初の原稿となった。

監査請求を経て住民訴訟

「移設反対署名運動」に奔走したのは玲子さんで、かたや、法律に詳しい哲さんは「監査請求」を思いついた。彼が規定の千字以内で書いた住民監査請求を箕面市に提出したのは、工事着工の年の十一月二十九日で、市では初めての出来ごとであったという。

この時すでに哲さんの頭には次の戦術が組み込まれていた。それは「住民監査請求を経て住民訴訟」という方法であった。

十二月十八日午前九時、市役所で請求者の陳述が行なわれ、九人が出席した。哲さんは六十分もの長い陳述であったが、柔らかなアクセントと筋道の通った話しに聴く者は自ずと引き込まれた。そのほんの一部を拾ってみる。

「忠魂碑の歴史的な性格や役割から見て、撤去の必要が生じたとき、それを撤廃するべきではないか。多額な予算を使って、これを積極的に維持、存続させねばならない理由は全然ない。ことさら維持・存続させる行為は、忠君のための戦死を賛美し、顕彰することに他ならないのではないか。

市や市教委が忠魂碑を建てるのは忠君戦死を評価していると見られても仕方がない。だからそういうことは許されるべきではないと思う。」

哲さんは最後に「厳正な監査を」と締め括って長い陳述を終えた。

玲子さんの陳述は、「私は今でいう中学二年のときに終戦を迎えました。思想らしきものが芽生え、自我の意識が生まれたときに戦争にもっていかれ、忠君愛国の思想を疑わずに戦争に協力してきました。しかし敗戦によって天皇制への批判を何がしか抱くようになって、それにつながる思想や表現に厳しい目を注ぐようになり、少しでも戦中の忠君愛国思想につながる動きがあれば、厳しくあらねばならないと思っています。それが私たち世代の責任であり、次の世代に対する責任です」。

少女期の十四歳に、日本が植民地支配していた朝鮮で敗戦を迎えた体験が、悧発な彼女の批判精神の土台になっていたのであろう。

その翌十九日、碑は完成。二十日には竣工式が行なわれた。市遺族会の約束通り、前の姿と寸分違わず、玉垣に白砂利を敷きつめた風景は、鳥居を据えれば忠魂碑神社である。

監査の結果は「却下」であった。しかし、その理由に哲さんはクギ付けになった。

最初、忠魂碑は所有者不明だが歴史的遺蹟として市有地にあるまま、市遺族会が守ってきたとあったのに、却下の理由には在郷軍人会に使用権が残されていて、清算が済まないまま今日に至ったというのである。

哲さんはこのくだりを読んで仰天し、怒りとおかしさがこみ上げた。戦後、解散させられたはずの軍国主義団体が、まだ死にきれずに忠魂碑を抱いてさまよっているとは！　相手のデタラメな論法を見て哲さんの意思は迷わず提訴へと傾いた。訴えを起こすのは「却下」から三十日以内に決めなければならない。その相談がある七六年二月二十二日の夜、神坂宅に集まったのは八人で、私と夫は断わるつもりで出かけた。

その夜の情景は今もありありと思い出す。提訴か否かを自分で決める岐路に立たされた日であった。古川二郎と哲さんは初対面であったが、二郎が、全議員が一致したこの問題は勝てる見込みがないと、会社の顧問弁護士に聞いたことを告げると哲さんは、「古川さん、これはね、勝てる裁判なんです」と応じ、相手がいかにでたらめな理由をこじつけて逃げようとしているかを詳しく説明するのであった。

そして最後に「こんな市の税金の使い途を見逃したら、私たちも軍国主義の共犯者になるではありませんか。私たちはかつて国家に忠誠を誓った果に裏切られた口惜しさを体験しています。もう二度とダマされ

ランソの隊長、神坂哲さん
（1981年、撮影＝古川二郎）

たり、ダマしたりしてはいけないんです。私たちの世代はそういう責任をもっているんです」。次第にトーンの上っていく哲さんの言葉は私たちの胸に染み入るのであった。しかし二郎の心配は裁判の費用のことで、自分はよう乗らないと言う。すると哲さんは、「弁護士のことなら、書面なんかは全部私が書きますから弁護士は要りません。費用は初めの印紙代だけです」と言う。私たちはびっくりしたが、これで大きな懸念は一つ消えた。続けて哲さんは言う。「この裁判は何年かかっても勝てるんです。裁判は一人でもできますから私はやります。でも、こういう住民訴訟は一人でも多いほうがいいんです。だから皆さん、一緒にやりましょう」と。決して無理強いではなく誠実なことばであった。

弁護士なしの本人訴訟と聞いて、私は松下さんの章に書いた〈濫訴の弊＝乱訴の兵〉の隊長松下竜一さんたちのずっこけ裁判のことを思い浮かべていた。火力発電所建設差止裁判を弁護士なしで闘う豊前の七人の侍たちの抱腹絶倒のものがたり『五分の虫、一寸の魂』を、私は忠魂碑問題が起きた直後に読んでいた。

「ランソのヘイ」を日本国革命の確実な一手段と発見した松下竜一は、「ぼくがやらねば誰がやる」と立ち上ったのだった。ランソの兵の心構えは一にも二にも〈軽はずみ〉であると説く。神坂夫妻の話に絶大な信頼を持った私は、この二人についていけば間違いはないという確信、それは快感を伴った確信であった。戦後三十年、そして天皇在位五十年の祝賀の年での忠魂碑再建に、二人の兄が戦死した私は目をそむけたままでいた。戦後の日本は天皇の戦争責任を不問のまま「いまの日本の平和と繁栄は戦死者のおかげ」と、言いふらされていたのであった。私と夫は、そんな風潮を批判していたにもかかわらず、足元の忠魂碑を見ていなかった。それを「しっかり見よ！」と促してくれた神坂哲、玲子さんである。

「弁護士なしで一人でも裁判はやれるが、一人でも多いほうがよい」という哲さんこそ、ランソの隊長にふさわしい！と、軽はずみのココロに火がついた私は、一緒にやらせてくださいと手をあげた。戦争に二度召集され、大阪大空襲で焼け出された夫にも異存はなかった。

哲さんは、用意していた訴状の概略を説明し、「忠魂碑を告発する原告資格を持つのは私たち十三人だけで、その名誉と責任を担っています。気楽に、しかし絶対退かない決意でやりましょう。権力がどのように忠魂碑を弁護するかを見るのも面白いじゃありませんか」と。裁判なんて考えたこともなかった私たちの不安と緊張を、哲さんはユーモアと笑顔でほぐすのだった。その日、私が感じた哲さんの強い意志と勇気、誠実な心くばりとやさしさは、終始変わることはなかった。

大阪地方裁判所に「訴状」を提出したのは、七六年二月二十五日。原告は女性六人、男性四人の十人になった。

「一枚のビラでもいいから反対の意志を示したい」と神坂夫妻が始めた忠魂碑問題は、それが再建されてしまったにもかかわらず、思わぬ展開をみせて、忠魂碑＝天皇のための戦死を賛美する「軍国主義の象徴」の撤廃を求めるたたかいとなった。これを哲さんは「箕面忠魂碑違憲訴訟」と命名した。

戦争と闘病で培った反骨精神

哲さんは一九三〇年九月、岡山出身の神坂虎男、てるよの間の四人妹弟の第一子として大阪市北区で生まれた。三歳のころ百日ぜきに罹り、その後喘息になり、それが生涯の宿痾となって彼を困らせた。あらゆる治療や転地も効果が無く、小、中学校では休むことが多かったが、成績はずば抜けてよかった。戦争が激しくなると、小さい躰《からだ》の少年哲はカーキ色の国民服に戦闘帽、足にゲートルを巻き、肩から布の雑嚢《ざつのう》をぶら下げて、立派な軍国少年として中学校へ通った。そして敗戦。父が病に倒れたので旧制中学四年で中退。四六年四月、岡山に戻り、叔母の家の材木置場を母と子らで改装中、六月、父は結核で死去。四十二歳であった。食べるに事欠くなかでも哲さんの向学心は衰えず、土地の青年学校に通った。一家を支えるため買い出し行商をしながらも、四七年春から夜間高校に通うようになったが、喘息と栄養失調でとうとう結核発病。四九年、国立岡山療養所に入所。小高い山の上の療養所を哲さんらは「王山《おうざん》」と呼んだ。そこには憲法二五条の生存権を問う「朝日訴訟」を提起した朝日茂が入所していた。後に朝日茂が中心になって「王山平和を守る会」が結成され、療内の平和運動は活発になった。五一年、朝鮮戦争の頃であった。哲さんは右の肋骨七本を切除、それからの長い療養生活の間に、生涯の友となる和田淳二さん、原昭彦さんらと出会い、少し後で入療してきた玲子さんとも出会ったのであった。

はじめは無口で内気だった哲さんは和田さんと共に大検に挑戦、二人とも一発でパス、次第に興味が社会科学へと広がり、「王山平和を守る会」にも加わって、原水爆禁止運動などにも関わっていくようになった。後に和田さんは、「王山での体験こそが彼をつくった原点で、忠魂碑に立ち向かっていく源流になった」と言う。原さんも、「神坂が決定的な自己変革——『人間革命』をしたのが王山だった」と主張する。

実際、哲さんが平和運動に関わるなかで、天皇の「聖戦」に騙されたことへの痛恨と憤怒が彼の歴史認識を育てたのであろうし、〈日本の社会保障運動の夜明けを切り拓いたともいわれる朝日訴訟〉も彼の思想的源流の一つになったと言われるのも自然である。

玲子さんは、三一年、朝鮮全羅北道《チョルラブクド》で生まれ、敗戦時は女学校の二年生。その年末、父の郷里、岡山県の現在の高梁《たかはし》市に戻り、妹と一緒に女学校に通っていたが、五年生の初夏喀血、女学校を中退して自宅療養、その後、倉敷中央病院での手術でも治らず、岡山療養所に転院して五二年八月、哲さんと同じ手術を受けて快方へ向かった。後に妹の修子さんが言うには、「よう助かったと思います。姉は療養所内での患者運動に飛び廻っていました。父が見舞に行っても、いつもそんなで『何のために入れたか分からん』て怒ってました。姉は情熱家で、打ちこんだら脇目もふらない性格でした。いまもほとんど同じ。それに姉はべたべたしてないんです。見舞に行って帰るだんになって、さよならを言うと、もうすーと去ってしまうんです。絶対に後ろをふり向くことはしませんでした」。ほんと、いまも同じだし、それが彼女のいいところだと私は思う。

平和運動に熱心な玲子さんを「ジャンヌ・ダーク」に重ねて思いを寄せていた原昭彦さんだが、

隣のベッドの哲さんもまた玲子さんに熱い思いを募らせていたのであった。それに気付いていた玲子さんは「彼の方から好きになってくれねばいいがなあー、背丈が逆に十センチも違うことで、そんなことだけで私は断ったり、逃げたりはできないたちなんだから」と思っていたが、哲さんは遂に告白。彼の「灼熱の愛」が勝ちを制したのであった。哲さんは五七年三月に七年半の療養生活を終えた。完治しての退療ではなかったが、自宅療養しながら、税理士や会計士をめざして次々に資格を取得した。五八年末に退療した玲子さんと結婚したのは六〇年十月で、その日、土地家屋調査士試験に合格、十二月には司法書士の資格も得た。

その年七月、大阪市西区の岡本会計事務所に就職、有能な実務家として得意先の信用度は抜群で、人は彼をコンピューターと呼んだ。

直樹、弓子の愛児に恵まれ、七〇年「大阪万国博」の開かれた年に、箕面市の現在地に家を建てた。

原告団長は徹頭徹尾カゲの人

哲さんは、先に述べたように岡本会計事務所で優れた実務家として得意先の信頼も厚かった。しかし、その得意先はほとんどが企業であり、彼が天皇制に絡む裁判に関わっているとわかれば、会計事務所に迷惑がかかり、家族の生活の基盤をも失いかねないことを彼は百も承知していた。

だから職場の内外で、訴訟の件は一切伏せていた。それでも八二年、八三年の勝訴判決は大新聞にトップ扱いであったし、テレビでも何度も報道されたのだが、それらはすべて原告代表神坂玲子とあったから、訴訟は妻玲子をはじめとする女たちの活動とされていた。

見事にイキの合った夫妻の連繋ぶり、優れた演技者たちであった。療友の和田氏、事務所の尾崎氏など、ごく限られた人の助演ももちろん完ぺきであった。そして、その秘密は哲さんの告別式の日に発覚した。同志を悼む見知らぬ人々の葬列の長さに不審を抱いた会計事務所の岡本所長が、この日、はじめて哲さんの十年に及ぶ闘いの真相を知ったのであった。

哲さんは、裁判が開かれる水曜日を休業日とし、その日は、私たちと行動を共にする頼もしい本人訴訟の原告団長であった。

第一回目の口頭弁論は七六年五月十九日。支援の傍聴は、神坂夫妻の療友数人だけの閑散としたなかで、哲さんが長文の陳述書を読みあげた。「忠魂碑には戦争責任があり戦争犯罪人であります」と断言。私は胸を熱くした。七七年三月、私の父が九十四歳で亡くなり、ようやく私も神坂宅での夜の集いに参加できるようになった。和服姿の哲さんは、喘息でヒーヒーゼーゼーしながらも、準備書面などの説明をしたり女連の戦争体験に聞きいったりと、そんなひとときを楽しんでいるふうであった。

濫訴の効用と古崎裁判長

私たち〈ランソのヘイ〉の隊長哲さんは、松下流奇妙奇天烈なたたかい方を頭の隅に置きながら、自身は法を駆使して緻密な計算にもとづいた攻めで被告を追及する。相手はうろたえて取り繕うが、その論理のほころびやちょっとしたスキをも見逃さず厳しく攻めたてる。この戦法でまず勝訴したのは、八〇年九月二十四日判決の「市教委会議録閲覧請求訴訟」で、九件にも及ぶ〝濫訴〟が効を奏した勝利であった。後に哲さんは「判決がパッと報道されて、この運動が世間に認知された。と同時に素人裁判が勝ったことで私の肩の荷がおりた」と述懐するのであった。

訴訟は全部で三件。一つ目は「忠魂碑撤去」、二つ目は「慰霊祭違憲訴訟」、三件目は「遺族会補助金違憲訴訟」であった。

提訴後十年目に哲さんは亡くなったが、「一」と「二」の一審勝訴と、市教委を相手にして「知る権利」をも勝ちとった。それら三つの勝訴は、哲さんと裁判長との幸運な出会いによってもたらされたと思える。

七八年七月第十二回の口頭弁論から新しく担当になった古崎慶長《こさきよしなが》裁判長は、大阪地裁きっての個性派判事で、大阪弁の大声が壇上から降ってくると、裁判に慣れない私たち原告は、「怖い人や」と、一層身を硬くするのだったが、哲さんだけは、きびしい訴訟指揮にも少しもひるまずさらりと受けて次へと進むのであった。

古崎判事は哲さんより四歳上のしっかり戦争体験世代である。最初は弁護士のつかない素人訴訟と、軽くみていたような裁判長であったが、「忠魂碑」を今ごろかつぎ出す市長らに対する憤りと、法に基づいた緻密な論理を貫く哲さんに、高い精神性を感じたらしい古崎さんは、次第に態度を変え、親しみをこめて「神坂さん」、と呼ぶ声音に、私たちは気付いた。後日、古崎判事は、箕面忠魂碑訴訟一審で画期的な違憲判決を出したことで右翼に襲われたが、毎日新聞に、「裁判官は、慣行や圧力に屈せず、独自の判断を下すことが、司法における〝言論の自由〟であり、真の司法の独立だ」と異例の発言をした。古崎慶長氏と神坂哲さんの双方にとって、まことによき出会いであったと思われる。

箕面忠魂碑違憲訴訟事務局の３人、神坂さん宅にて（前列右から神坂玲子さん、羽室浩子さん、筆者。後の青年はこの訴訟を研究していた松澤宏毅さん）

助っ人出現、そして弁護団結成

軍事費拒否の集会があったある日のこと、玲子さんが「箕面の訴訟を一度見に来て下さい」と声をかけたのが、誰あろう、われらがホープ加島宏弁護士であった。誘いをうけて見学に来られたのは、八一年三月、私が哲さんの尋問で証言をした日であった。弁護士なしで頑張っていますと聞いたのに、あの小柄な人は弁護士か？　と思っていたが、後で玲子さんから「亭主です」と紹介されて、あの用意周到な尋問者が原告神坂哲であることを知った、というのが二人の出会いである。その時の立ち話で、哲さんが「次回五月二十八日には自分が証言す

二審に向けて初顔合わせした弁護団と原告
箕面忠魂碑の前で（1982年）
（背広の６人の方々が弁護団、前列中央が神坂哲さん）

るのだが、女性原告らは不安がって尋問を引受けないので、どうか手伝っていただきたい」と頼まれて快諾。当時、箕面在住の加島さんは自転車で十分の神坂宅へ繁々と通うことになった。こうして五月の尋問は原告補助参加人加島宏によって完璧に行なわれた。『神坂哲追悼集』に加島さんは「当時私はまだ、弁護士として歩み始めたばかりでした。神坂さんら原告らと忠魂碑訴訟に出会うことによって、私は弁護士としてのすすむべき方向をしっかりと定めることができました。その意味で、それは、私にとって本当に衝撃的な出会いだったのです」と書くのであった。哲さんは、「もうそろそろ誰か弁護士が現れてくれるはずだという予感がしていた」といって涙ぐんだという。それから弁護団が結成されるまでの一年余り、加島さんは、暑さ寒さを厭わず何度も何度も神坂宅に通って、学者証人の人選とか尋問準備等々を進めながら、人間としての神坂哲を丸ごと好きになったと、今も眼を細める加島先生である。

一審でまさか負けるとは思っていなかった市長側は、控訴審では必死になってくるだろうと考えた哲さんは、自分の体力の限界もあり、どこまで続けられるか不安であるから、どうしても弁護団をお願いしようと思うと、皆の了解をとり、六人の弁護団が揃ったのは八二年六月十六日、提訴から六年余り経っていた。忠魂碑前での記念写真には原告羽室さんの夫と古川二郎は不在だけれど、三十年前のみんなの若々しいこと！

哲さんの突然の死

一九八六年一月十八日朝。玲子さんからの電話で哲さんの異変を知った私は、奈落の底へひきずり込まれそうな思いを怺《こら》えながら、「おう、おう」と泣くばかりであった。

二十日の夕刻、哲さんの心臓は止まった。ねばっこく思慮深かった哲さんの何というあっけない幕引き！　灼熱の恋を玲子さんに告げて結ばれ、二人で歴史に残る「箕面忠魂碑違憲訴訟」を起こし、画期的違憲判決を克ちとった市井の知識人。五十五歳はあまりにも早すぎた。各新聞社は写真入で全国に報じた。「忠魂碑訴訟に尽くした人」「原告団の理論的リーダー」等とあって、影武者がようやく輝いた。

自宅に戻った遺体に接した加島弁護士は、「哲さん寝ちょるみたいや」というなり、号泣した。熊野弁護士は「神坂さん約束が違うじゃないですか」と、杖とも柱とも頼んで闘った同志の突然の死を悼み詰った。

息子の直樹さんは「心臓が止まるまでの三日間、（脳死状態の）親父と会話を交わすことができた。彼はものすごくしつこく、凝り性、だから人間としてのエグさというかアクをもっていた。そんなものが最後に一〇〇％しぼり出てきたようだった。僕は、それを一滴もこぼさず全身にぬりたくり吸収した。生命最後の営みを見守りながら、親父ようやりよったなあ！という声援を送っていた。親父の死をこうして迎えることができて非常に幸せだった」と、昂奮さめやらぬ面持で語るのであった。

一月二十二日、雪が霏々《ひひ》と舞う中で、葬列は延々とつづき、全国から駆けつけた二百人余りの人々は、畏敬する同志に別れを告げた。

風花に　向かいて同志ら　君悼む

原告羽室浩子が一句ひねった。

神坂哲の語録

◎ぼくには、忠魂碑が地ひびきたてて崩れるのが見えるんだ。
〈……あなたは言った／「土煙を上げ地ひびきを立てて／忠魂碑が崩れるのが見える」と／そ

の日は来るだろう／きっと　あなたと出会い／あなたが育てた魂たちの／静かな連なりと／深いうねりによって〉「その日はきっと」の終連のみ（詩人　石川逸子）

◎仮のいのちを生きる

病弱な哲さんが結婚したとき、妻に言ったことば。それにしてはその二五年余りを彼は何とタフに、貪欲に生きたことか！

◎「それぞれがやれる」場で、「それぞれ」の力量に応じてやるという「普段着」のスタイルが、もっとも長続きし、かつ勁い。そして実際に勝った。

◎ぼくは勉強がしたくて、したくてネ……

弁護団結成の日、貧しくて中学を中退した自分の生いたちを語りながら絶句して。

◎戦争体験は風化し、忠魂碑の正体を知る者は少ない。正体がわからなければ無害なのではない。一般の不知と無関心に乗じてこれが守り育てられ根をはることが恐ろしいのだ。さればこそ全市民の前にあばかねばならない。（『わだつみのこえ』六三号）

付記

松下竜一さんと同じく、今回も神坂夫妻の一部をなぞっただけのようです。訴訟にはあまり触れませんでした。弁護団は、団長を務めた熊野勝之さんをはじめ、最終は一〇名となりました。「忠君愛国」の欺瞞を引っぱがす裁判に協力を惜しまれなかった方々で、これも「よき出会い」でした。

最後に、哲さんの凄さをもう一つ。裁判所へ出す書類を段階をふみながら、元号を完全撤廃されたのでした。「狎れあいを拒絶する」哲さんならではのことでした。

田中伸尚『反忠──神坂哲の72万字』（一葉社）に扶けられ、記憶をよびさましながらペンを進めました。

第七章　「紡ぎ人」伊藤ルイさんのこと

初対面

博多駅筑紫口の階段の下で、その人は「草の根通信」を胸にあててニコニコしながら立ち、確かめ合うまでもなく双方が手を振っていた。一九八一年十一月二十一日午後の、伊藤ルイさんと私の初対面の情景である。その夕べの集会で、私は「箕面忠魂碑違憲訴訟」を話すための不慣れな遠出であった。

後日、ルイさんから「遠路ご苦労さまでした。とてもはじめてお会いしたとは思えない懐かしさで、不思議なようです。またこれから何度も何度もお会いしたいと切に思います」と便りがあった。以後、ルイさんが亡くなるまでの十五年間、姉妹以上の親交を得た。夢のような不思議な出会いであった。

松下さんの「草の根通信」特集号で「一九八一年はこんな風に生きてみたい」という題で十二名

筆者とルイさん（右）、ふたりのひと時

が書いている中にルイさんと私も寄稿していて、すでに関心をもち合う仲だった。

忠魂碑訴訟は八二年三月二十四日に画期的勝訴を克《か》ちとるまでは、マス・メディアも冷たく、傍聴者は神坂夫妻のかつての療友だけというほとんど孤立無援の闘いであった。その状況が長かったのに「戦争への道を許さない福岡集会」に、忠魂碑訴訟の原告を招いたルイさんの慧眼に私は目を瞠ったが、ルイさんの出自を識れば当然のことなのであった。

その夜、たどたどしい私の話をおぎなったのは、ルイさんらの学習会の師、九州大学の横田耕一先生で、忠魂碑訴訟にも早くから注目していた憲法学者であった。

命名の由来と自立の決意

ルイさんは一九二二年六月七日、大杉栄、伊藤野枝の四女として神奈川県逗子《ずし》で出生。ルイズと命名。父がフランスの無政府主義者ルイズ・ミッシェルにあやかって名づけたという。だがその名は三度変わっている。ルイズ、留意子、ルイと。自著のサインは、いとうるい、印は壘を用いた。

この字は砦という意味もあるはずだから、伊藤壘の名のりも悪くないナと。

関東大震災直後の一九二三年九月十六日、憲兵大尉甘粕正彦らによって両親と大杉の甥、橘宗一が惨殺された。一歳三カ月のルイズは、福岡県今宿の野枝の両親に引きとられて留意子と改名。十七歳で結婚、二男二女を儲けた。次男の小学校入学を機に学校新聞にルイの名で寄稿したのは三十一歳であった。三十七歳で博多人形の彩色職人となる。一九六〇年、三十八歳のルイは四人の子を連れて安保阻止デモを見に行き、新聞で樺美智子の死を知って衝撃を受け、翌年、地区公民館での商業青年学級の世話を始めた。

六四年離婚、四十二歳。それから「くらしの学級」で本格的な学習活動に入り、行動する人となった。七一年「朝鮮人被爆者孫振斗さんに治療と在住を！」の運動を担う。後に提訴、二審勝訴を経て七八年、最高裁勝訴判決。

この闘いに関わっていた学生たちは、いわゆる「全共闘」の錚々《そうそう》たるメンバーで、セクト、ノンセクト入り乱れての「不毛の論理」のなかで、一市民としてのルイさんが苦しみ、鍛えられながら運動に入っていった経過のようなものを、北九州の婦人学級に頼まれて書いたのだという原稿のコピーが送られてきた。日付は八三年八月十五日、原稿用紙十六枚で、私が受けとったのは八月十八日であった。添え書きには、「お盆で来ている孫たちが寝しずまるのを待って、バタバタと書きました」とある。ルイさんの筆の速いこと速いこと！　それは記憶力抜群、頭脳明晰ならではのことであろう。

ルイズ・留意子・ルイさん

そのコピーに同封されていたのはなんと極上の薄茶色の和紙に墨書された美しい文字である。終りに「運動は迫力ある生き方をめざすもの」より　いとうるい」とあり、[壘]の落款が押されている。両親のあまりにも偉大な名前の重圧から、必死に自立しようともがきつつ「孫振斗救援運動」の中で培っていったルイさんの哲学なのだと思える。私が下手に要約しては本意が伝わらないし、それではルイさんに申しわけないから、長いけれど全文を記す。

私はいま、「運動」というものの生み出すいろいろの事態について、さまざまなことを学び、考えています。私は当初よく私の運動とは、家族のために御飯を炊くことや洗濯をすること、風呂をわかすことと同じように、私の生活の一部だと話していました。いまやその中味の充実のしかたに多少の違いはありますが、私にとって運動とは、今もなお私の本然的な生き方を土台に据えた、自己攻撃を加えながらの自己表現だと思っています。家族のためにどのような美味しい食事を作り出すか、どのような温い着物を作るか、友人との楽しい時をどのように持つか、そしてそれを遮るものとどのように厳しく対決するか、そして共に歓び共に怒りともに泣く、ただそれだけのことです。しかしその間に自らの吐く言葉、自らの行う行為の一つ一つに自ら恥じ自ら目覚め、自ら衝き動かされ、研ぎすまされていくのです。それは運動体という容器にもともと入っていて、そのときに応じて取り出されるような馴染みにくい、他人の手垢によごれたものではなく、一人一人が活き活きとした血の通った迫力ある生き方を決定していく、その具体的な表現が運動という言葉でいわれるのではないかと思います。そういうことが人間一生のこととして日常的に確立されて生活となっていなければ、ふとした動揺に際して大きな矛盾と破綻を来たすことになるのではないでしょうか。

まさにこの通りの、しなやかにそして勁《つよ》い個を全うしたルイさんであった。

松下竜一さんとの必然の出会い

八〇年一月十五日、ルイさんは親友の梅田順子さんと二人で松下さんらが催した「映像で観る豊前火力闘争八年史」を観にいって、松下さんに挨拶をしたのが、二人の運命的な出会いの始まりであった。

ルイさんの素性を識った松下さんが、「あなたの生きてきた五八年間の物語りを聴かせてください」と懇請したが、彼女は大きな眼を瞠って「そんなもの……平凡に生きてきた私に物語りなんてないんです」と笑い流すばかりであった。が、幾度もの申し入れに根負けして彼女が語り始めたの

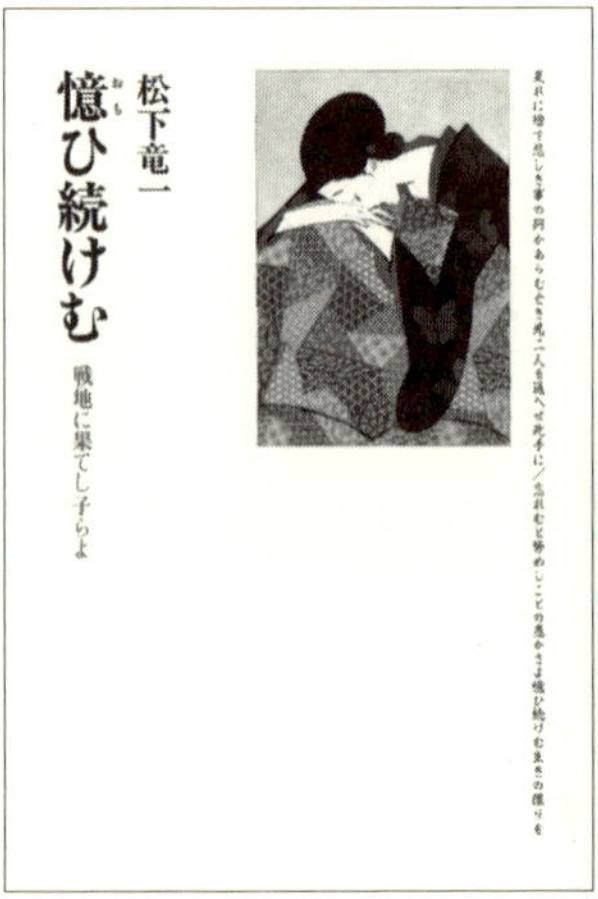

は四月になってからで、それが『ルイズ――父に貰いし名は』（講談社）として出版されたのは八二年四月であった。六月、その本は講談社ノンフィクション賞を受けた。同時受賞の『死の中の笑み』の著者徳永進さんは、ルイさんがその人の学生時代から、名を記憶していた鳥取の医師で、出会いは不思議に繋がっていくのであった。ルイさんの著書『虹を翔ける』（八月書館）の序文を書いた松下さんの一文を引用する。

両親の重過ぎる名を負って、ともすれば萎縮しがちであったルイさんが、ついに積年の桎梏から解き放たれたかのように自在な動きを見せ始めるのは『ルイズ』刊行を境としてであったといって自賛にはなるまい。

そのときから、『草の根通信』は誌名にふさわしい筆者を得ることにもなった。自在に軽やかに全国を翔け廻り始めたルイさんの、まさに草の根交流記を次々と掲載できるようになったからであった。ルイさんの訪ねる先には、不思議に

『草の根通信』の読者が居たし、そしてまたルイさんの行く先で通信の新たな読者がふえるといったふうで、『草の根通信』というタイトルにふさわしいネットワークは彼女の足跡と共に強化されていった。

実際、ルイさんは「草の根通信」一一五号に「二人を返せ、忠魂碑訴訟の根にあるもの」を寄稿、それに促されて松下さんが私の語りから母をたて糸にした『憶ひ続けむ——戦地に果てし子らよ』を出版。通信一四一号には『憶ひ続けむ』についてのルイさんと私の往復書簡が四ページ半も載るという具合であった。

松下さんの命名によるルイさんピッタリの肩書き〈紡ぎ人〉のおかげで、箕面忠魂碑訴訟の支援者が各地でふえた。ある時は、ルイさんから現金書留が来て「あれ？」と思えば「忠魂碑訴訟へのカンパが集まりました」とあって、〈紡ぎ人〉による話の波及効果に恐縮したこともあった。

また、「甲山事件」を全国に拡めたのもルイさんで、松下さんは山田悦子さんの事件を『記憶の闇』（河出書房新社）として出版。松下さんに描かれた〝女三人〟が顔を合わせると松下センセを肴にして愉しがるのであった。

遺されたことの大きさ！

ルイさんを書くにあたって私が先ず始めたのは、彼女の著書四冊の再読と、大切に保存しておいた書簡類をあらためることであった。

文の巧みなこと、旺盛な好奇心、豊かな情感、並はずれた抜群の記憶力。

ふわふわと軽やかに歩く小柄なルイさんの全身に、優れた両親の智力がぎっしり詰まっていたと思う。私はルイさんがメモしているのを見たことがない。著書に出てくるおびただしい人名、地名、自分が何を見、何を考えたかを事こまかく書かれていて映像を見るような感じである。

「記憶とは倫理の核をなすものだ」というのが『海を翔ける』にあって私は忘れられない。それは新聞の読書欄で紹介された『『ショアー』の衝撃』（鵜飼哲・高橋哲哉編、未来社）についての評論のなかに出てくる言葉なのだが、それを読んだルイさんは次のように書く。

「敗戦後、さなざまな記憶が呼びさまさせられているが、個人にとっては勿論、国家にとっても、何を記憶しているか、又は何をどのように記憶しているか、さらに何をどのように記憶し、忘れぬように努めているか、これは一人の人間の人格にとっても、国家の品性にとっても重大なことだと教えられる」と。

大切なことを教えないどころか、忘れさせることにつとめて戦後を突っ走ってきたこの国の品性を憂いながらも、ルイさんはよき人々との出会いに希望を見出し、励まし合うのだった。

戦後六八年、歴史認識の欠如した宰相や首長らによって国家の恥をさらしている今、それを選んだのは国民なのよね、とルイさんに語りかける私である。

著書にも私への通信にも、花や木や風景が必ずこまごまと書かれていて、自分が種子から育てた花々の写真もたくさん送ってもらった。ライラック、てっせん、ビオラ、ゆりなどなど。

ルイさんの本をよむと、自分もその場面にいるように空気まで感じてしまう。手紙をよむとルイさんが私の目の前で話しかけているように思えてくる。不思議な人である。その通信はハガキが一二七枚、封書が七六通、大封筒の印刷物や小包の添書は別にしてもである。全国を翔け巡り、ピースボートの旅もして超多忙になってからのルイさんは電話が多くなったが、十五年間の通信は貴重である。もちろん私もよく書いたのだったが、それはもう無いらしい。幸いなことにルイさんの五四年一月二十七日付の葉書によると、「Kさんからのタッタ一通の手紙を探すのに朝から今まで（なんと午前二時）古い手紙をかきまわしていましたがとうとう見つかりませんでした。というのは古い手紙をよみ返していたからです。あなたの八一年十月の最初の手紙（福岡へ来てもらう直前の）から九三年十二月までなんと百九五通ありました。二郎さんのも三通（写真を送ってもらった大封筒は別に）あります。あなたの手紙を見るとどれもが心をこめて、とても丁寧にそして筆まめに書かれていて恐れ入ってしまいます」。

この一枚のハガキは、失せた私の通信をよみがえらせるのに充分である。ルイさんの病床に送った私の絵てがみ七枚は娘の恵子さんが持ち、『憶ひ続けむ』に寄せた私たちの往復書簡もある。ルイさんは原稿に追われながら〝ちょっと一服〟と、私へのお喋りを書く。凄い人！　これら全部手書きの貴重な宝ものをどうしたものかと、先の短い近ごろの私は少し悩ましい。

記憶しておきたいことのなかから

［その1］六時間の重み

「草の根通信」八一年八月号のルイさんの記事「反戦の原点を求めて──衝動的沖縄行」〈六時間の重み〉に私の眼は釘づけになった。それは、大江健三郎のレポートに、沖縄戦のさなか、日本兵にうち殺された妻のために、夫新垣弓太郎が「日兵逆殺」と刻んだ墓をのこしていたというもので、ルイさんは直ちにそれを見るためだけに沖縄に飛んだという六時間の話である。空港から乗ったタクシーの運転手の助けをかり、弓太郎の甥を探しあてたが、その人は昂然とした口調で、「その墓は私が打ちこわしました」と言う。どうしてと問い詰めるルイさんにその甥はきっぱりというのであった。次はルイさんの文を引用する。

「沖縄も日本に復帰しまして、これからは日本本土と一つになってやっていかねばならないときに、いつまでもこのような激しい言葉の墓があることは、日本本土の人々にとっても、沖縄の人間にとっても妨げになることだと思い、四、五年前に私が打ちこわしました。」私は、打ちこわされてしまった墓石にとりすがるような思いで、「そうではなくて、戦争という状況の中で、人間が無思慮に暴力を使い、人を殺したあと、その暴力を使ったことによって、人間がどのように堕落していくものであるか、それは人間が人間でなくなる、そういう恐ろしさを私たちに教える証拠として、それを残しておいていただきたかったのです。」という意味のことをくり返した。

弓太郎の憤怒と悲歎に思い至ったとき、ルイさんは、関東大震災のあと、大杉栄、伊藤野枝に連れられていたというだけのことで、共に惨殺された七歳の橘宗一の父親、惣三郎が残した墓のことが思いうかぶのであった。それには「大正十二年（一九二三）九月十六日ノ夜大杉栄、野枝ト共ニ犬共ニ虐殺サル」と刻まれている。「犬共」すなわち国家の兵である。

ルイさんは想う。「このように明るく清らかな海へ、どうして恐ろしい砲弾が撃ちこめるのか」。三六年前の夏「戦争を沖縄によって食い止め得た」と、いささかの安堵をもった本土の日本人としての自分が、いま沖縄の死者たちに助けられなければ自らの反戦の根拠すら持ち得ないとは愚かなことだと。

唐突な沖縄行に五万円も使って六時間の旅だなんてと、皆があきれるけれど、いいえ！　と頭を振り、六時間は短かすぎる時間ではなかったと思うルイさんであった。

どうしても残さねばならない「日兵逆殺」の碑は打ち砕かれて埋められる。それに反して敗戦後、国民の手で粉々に砕かねばならなかったはずの戦争犯罪者「忠魂碑」はいまも全国に何喰わぬ顔で立ちつづけている国である。

「箕面忠魂碑違憲訴訟」の間、重要な法廷にはいつもルイさんの姿があった。神坂哲さんの告別式は粉雪の舞う日であったが、駆けつけたルイさんは「形としての『ひと』は滅びるけれども、命を惜しまず守られたその人の行動と思想は絶ゆることなく後世に受け継がれてゆく」と悼辞を捧げられた。

箕面市の忠魂碑訴訟にのめり込んでいたルイさんの「足元に火がついた」のは、八二年五月三十日、福岡市が谷公園に建てた「聖戦の碑」であった。その「大東亜戦争戦没者の碑」に抗議、「戦争への道を許さない者たち・われわれ」の仲間によびかけて碑文の全面撤去を要求したのも、戦争賛美の文面を許せぬ強硬な闘いであった。結局、碑文の一部修正と補足説明で相手はお茶を濁しておしまいにした。

［その2］九・一六の会

九・一六というのは、関東大震災のあと、大杉栄、伊藤野枝と甥の橘宗一が憲兵大尉・甘粕正彦らに殺された日で、この日ルイさんは福岡で、仲間たちと共に一年に一度の学習会をもつことにした。第一回目は七六年だから、ルイさんが亡くなった九六年は二〇回目のはずであった（四回目の記録がない）。「刑死、獄死、弾圧死、いま弾圧されつつある人びと」の事を、ゲストを迎えて学ぶのである。ルイさんは、両親を偲ぶことから始めたこの催しが、人々のつながり合える場ともなっていることを喜び、親友の梅田順子さん、小田正子さんらと一緒に企画し、とても大切にしてきた。

私は、八五年九月十六日に「箕面忠魂碑違憲訴訟」の話をもって参加させてもらった。

ルイさんがこの集まりを思いついたのは、彼女の上にふりかかった大きな出来ごとがあったからで、それは、大杉らの死因鑑定書が発見されたことであった。事件から五五年も経た七六年八月二十六日、朝日新聞はそのことを大きく掲載した。三人の死体を解剖した軍医大尉の妻が保存していたという四六ページにわたる解剖の詳細な記録である。私は八一年十一月、ルイさんにはじめて出会った直後に「死因鑑定書」のコピーをいただいている。これを見たルイさんの衝撃を私は想像もできない。野枝が母親のウメさんに「お母さん、私は畳の上では死なれんとよ」と、国家権力を相手に闘うとき、どのような報復が待ちうけているかを早くから覚悟していた野枝の凄さを見たのであった。

ルイさんは両親のことを人前で大杉、野枝と呼ぶことで、親と子を血のつながりで見られることを避けてきたのだったが、鑑定書を見た夜は一睡もできず放心状態のままで夜が明けてきたころ、ルイさんは「わたしはママの子よ、わたしはパパの子よ」と何度も呟いたという。「肉親」の苦しみ哀しみを生まれてはじめて味わったルイさんは、この悲嘆は、ありとあらゆる弾圧を受けた人びとすべてのものだ、という想いに立ち至り、翌日、梅田さんを訪ねて、九月十六日に学習会をもとうと話しあったのだった。

[その3] Tシャツ訴訟

「Tシャツ訴訟」は、私の能力で簡単には書ききれないので、『週刊金曜日』に載った松下竜一さんの文を借りる。

三菱重工本社爆破事件（註＝一九七四年八月三〇日、東京千代田区の三菱重工本社正面で手製のダイナマイト爆弾が爆発、八人が死亡、三七六人が重軽傷を負った。この事件を始まりとし、翌七五年前半にかけ一一ヵ所で「東アジア反日武装戦線」〝狼〟〝大地の牙〟〝さそり〟の三グループによる企業爆破が連続発生した。グループは『東南アジアの被抑圧人民から搾取を続ける海外進出企業こそ日本帝国主義の先兵』として、いくつかの企業を攻撃目標に選んでいた。）の大道寺将司、益永利明両人に対して最高裁が死刑を確定させたのは八七年三月でしたが、それに先立って獄中の彼らと連帯する集会をルイさんらの呼びかけで福岡で開きました。そのときTシャツに寄せ書きをして両人に差入れようとしたのですが、刑の確定前であったにもかかわらず東拘によって妨害されます。そこで寄せ書きした十一人と、それを受取るはずだった獄中の二人が原告となって、東拘などを相手どって訴えたのがTシャツ訴訟ですが、その原告団長がルイさんでした。

大道寺、益永両氏への死刑判決に反対して、死刑制度を考える会を結成、それを「うみの会」と名付けて、代表はやはりルイさんであった。国が権力によって死刑にすることは、行政の責任を回避して責任のすべてをその人個人に負わせてしまう国家権力による殺人であると、ルイさんは思う。九五年六月と九月にルイさんはTシャツ裁判原告側証人として同じ原告の筒井君の尋問をうけて証言。自分の出生、憲兵による両親の虐殺、「天皇に弓を引いて殺された者の子」という世間の非難の中でどのように自己確立していったか、博多人形工房で修業しながら「敵に通用する武器となる学習」として憲法などを学んだ。三菱重工爆破をテレビで知ったとき、彼らの行為は、三菱が自らの企業利益のために死者百五〇万人というベトナム戦争に加担していることを止めさせるためで、故意に人を殺したのではない。にもかかわらずマスコミは彼らを爆弾魔と呼び、思想性なき殺人犯と報じた。等々。

最後に、「私は大道寺、益永らの思想と行動のもつ意味を、終生忘れぬようにこの法廷に立っています。私たちには忘れてならないことがある。それは記憶すること、何をどう記憶するか、それによって人の人格は形成される、といわれています。私は彼らの『この世に希望と解放、そして平和を！』との燃えるような想いを終生記憶にとどめて、私という人間の核としたいと思います。七三歳、伊藤ルイの遺言です。終わります」。法廷に森厳な空気が流れた。傍聴席で私は胸を熱くした。

ルイさんがTシャツ裁判で二度目の証言を終えたのは九五年九月二十七日であった。その日からちょうど九カ月目に永眠されたのであるから、「七三歳、伊藤ルイの遺言です。終ります」は、まさにルイさんが、「何をどう記憶するかはその人の人格」であることを、自ら実践したことの恥じない証言であった。ルイさんと大道寺、益永両氏の出会いは、獄中にさしいれられたルイさんの「運動は血の通った生き方を目指すもの」（『朝鮮研究』一九七七年五月号所収）と『海の歌う日』、松

下さんの『豆腐屋の四季』であった。ともあれ、ルイさんの輪郭を追うのに精一杯で……。

伊藤ルイ追悼集『しのぶぐさ』は、松下センセの「二頁以内」を厳守した百九人の、「私のルイさん」で圧巻である。彼女がいかに溌溂と人々に接したことか！　人々から思慕されたことか！

ルイさんの桐と楝《おうち》の花

大阪梅田から阪急宝塚線の三国、庄内間は高架になっていて、東側の建て込んだ家並の彼方、大空に枝を拡げる梢が見える。ルイさんは箕面のわが家への行きかえりにそれを見ていて、「あれは桐の木よ」と言う。車窓から五、六秒で見えなくなる木なのに、好奇心の強いルイさんの目敏いことといったら……。

八五年四月二十日、ルイさんは何度目かの来宅の帰りに途中下車して、とうとうその木の下に立った。「やっぱり桐の木でした。しかも二本よ。今花盛りでいい香り、あした二郎さんと見にいらっしゃい」と、ついさっき箕面駅で別れたルイさんの、公衆電話からのはなやいだ声であった。

もちろん私と夫は翌日いそいそと出かけた。庄内駅から目ぼしをつけて徒歩二〇分くらい、小さい坂を大通りに上ったら、百メートル程先に目指す桐が全容を現わした。道路と細い流れの間の児童公園にすっくと聳える二本の桐の木は、八分咲きの薄紫の花房が馥郁とした香りを漂わせながらゆさゆさと揺れていた。私はそれを「ルイさんの桐」と呼んだ。毎年四月、八重桜や牡丹が咲き終わる頃になると私はそわそわとなり、「ルイさんの桐」を訪ねるのが習いとなった。夫もルイさんも亡くなったけれど、四月下旬には揺れる花房を仰ぎ、真上を低く大阪空港へ降りていく飛行機を目で追いながら、遠くへ行ってしまったルイさんと夫を懐かしみ、花を拾っては持ち帰りガラス鉢に並べて、ルイさんのお陰で楽しませてもらってますと語りかける。

　ところが二〇一三年頃だったか、桐の木はぐるっと鉄板に囲われていて貼り札に、「虫で弱った一本を切り倒す」とあり、うら悲しい風景に変っていた。今年は何か切なくて電車の窓から瞬時その梢を眺めただけである。

天竺川のほとりの児童公園に立つ
「ルイさんの桐」

　楝《おうち》（センダン）の花は五月、桐の花が終わる頃、碧紫色の小花がさみどりのやわらかい葉と共に咲き出して、秋には象牙色の実が鈴生りになる。

　うちの近くのいつも通る箕面川の湾曲した崖に丈高い楝の木があって、ルイさんと私と夫はそれをいとおしんでいた。二人が亡きあとは一層愛着も深まり、

藤色の花ざかりの楝の木（箕面川のほとり）

ある夜更け、弁護団会議の帰りみち暗い崖の楝の木に、「ルイさぁーん、二郎さぁーん」と呼びかけながら、ずっと昔、母が淡路島洲本川の土堤の大待宵草の花の中で、「けぇーすけー、ひろしぃー」と戦死した息子の名を叫んだのと同じことをしているわと、私は涙ぐんだ。

　ところが二〇〇二年の冬、突然楝の木も、山藤を絡ませていた雑木もすべて無くなり、崖はコンクリートで造成されて、大きい家が三軒も建ってしまった。懐かしい思い出が次々姿を消す。そこに住む人たちは、さわさわと初夏の風に揺れていた楝の花があったことを知る由もない。

ルイさんと歩くと、あれは桂、あれは樅と、木の名花の名にも詳しくて話題が尽きず、至福のひとときを共有するのであった。

花の吉野へ三人で

ルイさんを花の季節に吉野山へ誘ったのは、八九年四月十四日であった。その前年、私と夫は初めて吉野へ行き、全山を埋めた花に酔い、次はルイさんと一緒にと念願していたのだが、ちょうど津に招かれているので十三日に箕面へ行きます、とのうれしい返事。

さて、十四日は六時半に家を出て吉野へ。ロープウェーイに乗ればいいのに、一カ月もベッド生活で足が弱っているルイさんと、前年六月にアキレス腱を切って手術した私は、若葉の色に染まりながらゆっくりゆっくり登っていく。先を行き、私たちを待っている二郎を面白がりながら、気楽なお喋りを楽しむ二人であった。

金《きん》峯《ぷ》山《せん》寺《じ》蔵《ざ》王《おう》堂《どう》は威風堂々。だがルイさんは、建立側の権勢と工事に使われた人びとの労苦を思うと言いながら、拝礼はしない。

約三万本のシロヤマザクラは白いのだが、同時に芽吹く赤い葉が花に映ってピンクに見える。中千本は満開であったが、向かいの山の花吹雪にも歓声をあげる私たち。下りの道はらくだった。途中の崖に枝を広げる見事なつつじを見付けたルイさんは、先を行く二郎を呼び止めて「二郎さん二郎さん、このやしおの花写して下さい」。「やしお」という名は、前日箕面の聖天

吉野のやしおの花の前でルイさんと

さんの裏山に三人で上った時、あちこちで咲くピンクの山つつじを二郎が「やしお」と教えてくれたのだった。

吉野駅で津へ行くルイさんとサヨウナラ。別れぎわに二郎が買って渡した桜の花びら入りの葛湯がうれしくてならない少女のようなルイさんであった。ルイさんも私もとても忙しかったが、寸暇を割いて二郎の案内で小さい旅を楽しんだ。池田の猪名川《いながわ》へ、能勢の妙見山へ、箕面の滝から勝尾《かつお》寺《じ》へと、いつもお弁当とおやつを持って出かけた。

こんなことも思い出す。猪名川の河原に群生しているカラシ菜を袋一ぱい摘んで抱えて帰ったルイさんが、それを塩もみしだすので「それ、どうするの?」と問うと、「あす行く集まりに持っていくのよ」と。いつも何かを企んでいる楽しい人だった。

「四月十四日」はルイさんの記念日になったようで、手紙にも「今日は吉野へ行った日だと思いながら、胡瓜とかぼちゃの苗を植えています」というふうであった。

治療を拒み閑に旅立つ

九六年四月十二日、ルイさんから電話があった。「三人で吉野へ行ったのは四月十四日だったのよ。二郎さんの散骨をするのならいつでも行きますよ。でもあなたがまだその気になれないのだったら延ばしてもいいけれど、私、二十六日には隠岐へ話しに行くので、帰ってから相談しましょうか」と言われた。

吉野に散骨をというのは九三年七月、がんで亡くなった夫の淡い希望であったが、ルイさんはそれをずっと気にかけておられたのだ。

その後音沙汰なく、五月十六日の松下さんからの来信でルイさんの入院を知った。その文面では、松下さんが見舞われた十三日には箕面の話が出て、「古川さんは、息子さんから古い家のとりこわしの話があって腐心しているので、そんなの論外だわと言ったのよ」と、世代交代の時代がきていることなど、割合元気にお喋りしたとあった。

「入院」におどろいて松下さんに電話をしたら、十五日、ときつ医院で胆臓がんと診断、本人にも告知しもう長くはないとのことであった。その夜松下さんから、親友の梅田さん、小田さんが見舞い、ルイさんは拒んでいるけれど、鳥取日赤の徳永進先生に相談しようということになったという電話だった。

ルイさんの病床に出した絵手紙

徳永さんは、松下さんが『ルイズ——父に貰いし名は』で講談社ノンフィクション賞を受賞した時、『死の中の笑み』で同時受賞をした人で、ルイさんは、彼が医学生の頃からを知る最も信頼を寄せている医師である。

その徳永さんの「せめてCT検査くらい受けたらどうですか」という勧めを、「私、手術しないのだから意味がないわ」と拒んでしまったルイさんに、彼は「じゃー、愉しく昇天して下さい」と答えるしかなかったという。

私がルイさんから三〇分もの電話をもらったのは十九日であった。「タクシーの事故で入院したら、がんが進行していてもう長くはないんですって。したいことをしてきたから何の未練もないのよ。一度家に帰って整理して入院するつもり。容典（長男）が面倒見てくれるから安心なのよ」と淡々とした話しぶりであった。

五月二十三日は、松下さんから「ルイさんを見舞うのなら早い方がよい」との電話。翌二十四日、博多駅に松下夫妻と梶原得三郎さんの出迎えをうけて、姪浜のときつ医院へ見舞いに行く。ルイさんはうつらうつらしてられたが、あまり面やつれもなくホッとする。私が「ルイさんの桐の花」をビニールに包んで郵送したものが、色も香も保っていて嬉しかったと言う。食欲がないらしく、お粥に梅干しを添えて三口ほどでおしまい。

そこへ二十六日に受洗するルイさんとの打合わせで牧師の有川さんが見えて、ルイさんはとてもうれしそう。やがて、梶原さんがカメラでそれぞれ代る代るルイさんに寄り添ってツーショット。「Tシャツ訴訟」の木村京子さん、筒井修さんのも撮り加え、梶原さんはアルバム二冊を速達で送って下さった。三七日後身罷るとは思えない大きな眼のいつものルイさんである。

ルイさんの受洗のことは、松下さんの『終末の記』から引用させてもらう。

ルイさん自らの希望で洗礼を受けたのは、五月二六日のこと。申し出を受けた有川牧師は「ルイさんには無宗教が似合うのだから」といったんは断わったが、ルイさんから押し切られたという。有川宏さんはルイさんにとっては一番古くからの市民運動の盟友であり、彼の西福岡教会はルイさんの運動の拠点でもあったのだから、キリスト教への入信というよりは、一番心を許せる盟友に一切をゆだねたいという思いだったのだろうか。

医院の食堂での洗礼式では、「いまは順調に死への道をゆっくり歩いています」と挨拶して、ルイさんは皆といっしょに「ウイシャル・オーバーカム」を澄んだ声で歌い、一人一人と握手を交した。

松下竜一さんとルイさん
1996年5月、ときつ医院にて

点滴注射も拒んだルイさんは、六月二十八日の早朝、ねむるように昇天。ルイさんを慕う人々の祈りの中で幕は閑に降りた。

その夜有川さんから、お別れ会は七月十三日にするけれど明日二十九日、教会での身内の告別式にはどうしても来てもらいたいとの電話があった。

六月二十九日、晴、告別式は室見の西福岡教会で行なわれた。私はなぜか弔辞をしたためる気になれなくてお棺の中のルイさんに話しかけた。必然の出会いに感謝し最後に、かってルイさんが神坂哲さんに捧げられたことば「形としての『ひと』は滅びるけれど、命を惜しまず守られたその人の行動と思想は絶ゆることなく後世に受け継がれてゆく」を今度はルイさんに捧げた。祭壇に「菊」はなかった。

お身内と一緒にお骨も拾わせてもらった。箕面に帰ったのは二三時すぎ、朧の月を仰ぎながらルイさん遠くへ行ってしまったなぁー、さびしいなぁー、美しいひとだった、やつれもなくて綺麗だったと思いながら、いつも二人が好んだ暗い川沿いの道を歩いた。

ルイさんの化身のように現われた田村寿満子さんのこと

「靖国合祀イヤです訴訟」を私たち遺族が大阪地裁に提訴したのは、二〇〇六年八月十一日であった。原告八名が、一〇人余の弁護団、全国からの共闘支援者と共にたたかい、最高裁で棄却となったのは二〇一一年十一月三十日であった。合祀取消しを求める裁判は、この他、韓国人遺族と沖縄の遺族が訴えを起こしたが、いずれも敗訴がつづいた。靖国神社は「信教の自由」をふりかざして、いずれの合祀取消し要求にも一切応じないのである。

〇六年十月、第一回口頭弁論は大阪裁判所の大法廷で開かれ、以後、二カ月に一度の割で進められた。いつも全国各地からの傍聴者を迎えて抽選が行なわれた。〇八年二月十二日、第八回の口頭弁論の日、裁判所前の吹きっさらしの庭で双方の支援者が抽選を待っていた。その中から二人連れの女性が私に近づき丸顔の人が「あのぉー古川佳子さんでしょうか」と、不審顔の私に「あのぉー、私は長野から参りました田村と申します」と、私はさっとひらめくものがあって、「もしかしたら大鹿村《おおしかむら》のスマちゃん?」と言うと、彼女もびっくり、私もびっくり!お互いにその名をルイさんからたびたび聞いていたのだが、何だかルイさんが現われたような思いがけない初対面であった。

ほっそりした連れの女性は同じ大鹿村の遠野ミドリさんで、イケメンの青年山下徹くんとの三人連れであった。ミドリさんと山下くんは、この回以後、控訴審になってからも毎回傍聴に来て、時には同じグループの人を連れて来たりで、うちを宿にしてもらうこともあった。「ドキュメンタリー映画を観る会」「死刑廃止を考える会」などで活動している人たちである。

寿満子さんは、松下さんらが八五年三月から五二日間中津市で開催した「反核平和展」に信州から出かけて行って、松下さんやルイさんに会わずに、会場のメッセージノートに〝熱い思い〟を次のように残していた。

「七ヶ月の身重な体をひっさげて、はるばる中津までやって来ました。原爆の図、何度見ても胸つぶれる思いです。おおぜいの人たちの準備の結晶はズシリと見ごたえがありました。自分に何ができるかわからないけれど、いままた生まれ出ようとしている子どもをかかえている大人として、できる限りのことをしなければならないのだなと、今日あらためて痛感しました。ありがとう」(松下竜一『仕掛けてびっくり反核パビリオン繁盛記』朝日新聞社、より)。

それから約一年後、寿満子さんはルイさんが住む佐賀と福岡県境の背振《せぶり》山麓の内野の一軒家に出かけている。ルイさんから私への八六年四月二十八日の通信によると、「四月はいろいろあって疲れました。でも反面二二日から三日間（水田）ふうちゃんとスマちゃん（長野の下伊那《しもいな》で百姓をしている女性で標高千メートルに住み、田圃が千百メートルの所にあるそうです。七ヶ月の身重で中津まで平気でやってくる、ちょっとインディアンっぽい人です）が来て、一緒に中津へ行ったり宇佐の安心院《あじむ》では山の中のお寺で鶯の声をききながら話をしたり、楽しいこともいっぱいありました」。

ルイさんが、スマちゃん主催の「死刑廃止を考える会」に招かれて飯田市に出かけたのは八九年五月であった。お互いに意気投合、「必然の出会い」である。その時、ルイさんはスマちゃんの夫のアキさんの運転で標高千メートルの住居にも行っている。ルイさんが「こんな高いところによく住む気になったわね」と問うと、スマちゃんは「辺りの景色に魅せられて迷わず決めた」と言ったとか。

くねくねとピンカーブの続く渓谷沿いの道中でひどい車酔いに悩んだこと、明科《あかしな》では、大杉らアナキストのよき理解者である望月家のアトリエで大杉栄の自画像などを見せてもらったこと、新緑の安曇野、大鹿村から阿賀へ（阿賀では新潟水俣病の映画製作中の佐藤真さんを訪ねた）の一〇日間の旅を、ルイさんは眼をかがやかせて私に話されたのを今もよく思い出す。

ルイさんの一三回忌

二〇〇八年六月二十八日はルイさんの一三回忌にあたる。スマちゃんから、古川さんが来てくれるのなら飯田市でルイさんを偲ぶ会をしたいと誘われていた。その日、私は孫娘のるいと、ふぇみんの友人中川加代子さんと三人で、会場の飯田へ高速バスで向った。迎えのスマちゃんの車でリンゴ畑を抜けて町はずれの会場へ。そこは黒光りの大きな構えの古い建物で、板敷き間の大きな机にルイさんの写真と花が飾られた。

配られた資料には「先人から手渡されるもの――伊藤ルイさん十三回忌に寄せて」とあり、ルイさんの「Tシャツ訴訟」の折の遺言と、松下さんのルイさんへの献辞と、竹内浩三の詩「骨のうたう」の全文が書いてあった。

集まった二〇人ほどのなかにはもちろん遠野ミドリさん、山下徹君の顔もあってなつかしい。初めに私が持参した毎日放送制作のドキュメンタリー番組「映像８０」のビデオ「昭和の女たち――忠魂碑訴訟原告団」を上映。生前のルイさんが登場するこの映像で、彼女を知らない人たちにも出会ってもらいたいと思った。

余談になるが、このドキュメンタリー「昭和の女たち」は、箕面忠魂碑訴訟が大阪地裁で画期的勝訴を克ちとった八二年三月二十四日、昼のニュースでそれを見ていた毎日放送プロデューサー石田晃三氏が、原告代表、神坂玲子さんの「忠魂碑違憲の天皇制にかかわる思想的正しさが立証された」と住民勝訴のよろこびを上気して語るのを聞き、「何と歯切れのよい不退転の潔さだろう。忠魂碑訴訟のなげる波紋は、あいまいな日本人の政教分離意識をあらい、右傾化に激しい糾弾の箭《や》をうち込むものだ」と、私たちにドキュメンタリー番組の撮影を申し込まれたのであった。撮影は

ルイさんの13回忌、飯田市「のんび荘」にて
前列右端が田村寿満子さん

四月十二日に始まり、五月二十八日に終った。その間、折よくルイさんが箕面に来て、わが家での勝訴の宴とか、箕面市の名誉市民で右翼の大物笹川良一の葬儀が市内の邸宅で行なわれたのを見る彼女とか、神坂宅や忠魂碑のフェンスにベタベタ張られた右翼の誹謗中傷のビラを見て歩くルイさんを存分にとらえた。撮影は、私の次兄と偶然にも筑波の部隊で一緒であった竹内浩三の詩碑を、私と娘が伊勢の朝熊《あさま》山上に訪ねるところで終った。山口自衛官合祀拒否訴訟の高裁判決（勝訴）直前の中谷康子さんなども織り込み、奥行きのある作品となった（詩碑訪問については第九章参照）。

　惜しむらくは、忠魂碑訴訟を理論面で構築した神坂哲さんが徹頭徹尾現われなかったことである。しかし、最前線を担ったのは紛れもない私たち「昭和の女」であった。

　余談が長くなったが、この際、埋もれかけた貴重な映像に光を当て、ルイさんを偲ぶよすがにしたいと思ったから。さて本題に戻って、スマちゃんやミドリさん、山下君が、遠路傍聴にみえる「靖国合祀イヤです訴訟」を私が話し、それぞれが自己紹介しながら思いを語った。〝伊藤ルイから手渡されるもの〟にふさわしい集いであった。

その夜の交流会は、料理民宿の「のんび荘」で、スマちゃんたち「死刑廃止を考える会」「国際井戸端会議」「ドキュメンタリー映画をみる会」の面々が賑々しく集まった。のんび荘の脇の清流には素敵な吊り橋がかかっていて、それを渡り終えたころから雨になり、散策を打ち切って宿に帰った。

翌日は雨の中をスマちゃんの住居まで連れていってもらった。九十九折れの道を怖くないのと問うと、「街の道を走る方が緊張する」と笑う。通学する子どもたちは山の斜面を駈け下るのだという。スマちゃんはグァテマラへ無農薬のコーヒー豆を買い付けに行き、通信販売をしながらラ・カルタ（スペイン語で「便り」）という通信で仲間と交歓している。

ルイさんとまこと兄

辻一《つじまこと》は辻潤と伊藤野枝の子で、ルイさんの異父兄である。一九七五年暮れ六十二歳で亡くなった。ルイさんは、まこと兄さんのことを懐かしそうに話された。初めて会ったのは女学校の修学旅行の時で、その後四回会ったと。彼は才能に溢れ、真の自由を求めて生きた人であったと聞き、私は辻まことの『山で一泊』（創文社）と、矢内原伊作編『辻まことの世界』（みすず書房）とその続巻を買った。絵といい文といい彼がとてつもない偉才の人であったことがわかる。私が伊藤静雄の〈くさかげのなもなきはなのなをいいしはじめのひとのこころをぞおもう〉という歌をルイさんに書き送ったことに触れ、ルイさんからの手紙にはまこと兄さんのことが書いてあった。八四年二月十二日の日付である。

〈前略〉とてもいい短歌をありがとうございました。辻まこと在世中に、草野心平さんのことを聞いたことがあって、そのときこんなことを話しました。「草野心平という人は田舎道なんか歩いてて僕が、あっ、この花なんというのかな、ってつぶやくと、すかさず〝十三かんざし〟だと教えてくれるんだ。ふーん、ぴったりの名前だね、っていうと、どうだ、それ今俺が命名したんだ、なんてね。ほんとに十三歳くらいの娘のかんざしにもってこいの可憐な草花なんだよ」というわけです。私も珍らしいけど名前がわからないときは勝手に名前をつけておきます。たとえば、ツルウメモドキを灯ともしかずらと呼んでいました。そうそう「わすれな草」という女学校で習った歌を思い出しました。〈種子を播かばや　草の種子　名なき袋の黒き種子　友ののこししかたみとて　日ごろ秘めにし種子ゆえに　忘れな草と札や立てまし〉この歌、大好きだったのです。〈後略〉

この手紙の前半は、二・一一に福岡の天神でビラまきをしていると右翼が皇紀二六四四年、天皇ヘイカバンザーイと何度も何度もやってくるとか、私服が、ビラまきを妨害した話などが詳しく書かれていて、ルイさんは大杉栄がフランスの無政府主義者ルイズ・ミッシェルに因んで名付けたとおりの「怒り」と「愛」のもち主であった。私はその封筒に「いい手紙」と丸囲いで書いている。ルイさんが私に話された辻まことの言葉は、「ルイちゃん。才能はね、才能はそれを資本化しながら伸ばしていかなくっちゃあね」という謎のようなものだったと。「しかしいまはすこしずつその意味がわかりかけてきた」と、自著『海の歌う日』に書く。

六〇年を生きている。その日常を生きるということも一つの才能と考えるならば、その日常をもとにしてまた新しい日常を拓いて生きていく。希望を孕む辻一からの遺言として、グッと握りしめている。彼を知る多くの人が「天才」の名を惜しまなかった辻一は、生前その人と「会った」ということだけでも胸のわくわくするほどに魅力に富んだ人であった。

ルイさんは辻一から与えられた言葉通り、両親から受けた才能に日々磨きをかけ、みごとに有終の美を飾られたと思う。

両親亡きあと、一歳三カ月のルイさんら遺児を育てられた祖母ムメさんを、ルイさんがどれほど愛し誇りにしておられたことか！

書き残したことは山々なれどここで一応ルイさんは終わります。

第八章　啖呵きる短歌を詠う三木原ちかさんのこと

出会いは一首の短歌から

「縁は異なもの」ということわざは、結婚にともなう両人の縁をいうのだろうが、三木原ちかさんと私の出会いはまさに「縁は異なもの」であり、ルイさんの言葉をかりるならば「必然の出会い」であった。

私は、いつの頃からかノートに「歌など、ふと心にとまったことども」を書いたり貼りつけたりしている。家計簿の日録とは違うものである。一九七五年四月二十九日よりとしたノートは、松下竜一さんの「相聞歌」を書き写すことから始まっている。私は自分では短歌を作らず他人《ひと》さまの歌を見るのが好きで、「朝日歌壇」の愛読者である。歌は作る人と選ぶ人、両々相俟ってはじめて読者の目に入るのだが、その時代をきりとって映す鏡のようだと思う。

そのノートに、一九八一年八月四日付の新聞の切抜きが貼ってある。今は亡き歌人近藤芳美さんの「日記から」―夏の歌―とする囲み記事に三首があげられている。その中の〈国定の教科書に殺されしは幾千万自国の民衆もアジアの民衆も（三木原千加）〉に私は赤丸をつけていた。この一首が私と三木原さんを引き合わせたのである。

それに至るまでのいきさつをさかのぼってみると、七六年、原告本人訴訟で始めた「箕面忠魂碑違憲訴訟」が八二年三月二十四日、画期的判決であったことを各メディアはトップで報じた。それ以後全国的に支援が拡がり、弁護団も組まれて原告たちは俄にいそがしくなった。

集会場であるいは学習会で参加者に配れるものがほしいと思いはじめていた頃、「パンフレットを早く作りなさい」とその費用のことまで申し出られたのは、日本基督教団部落解放センター主事の今井数一さん（故人）であった。今井さんは天皇制にも強い問題意識をもっていて、早くからの訴訟支援者であり、勝訴の日にも彼の大よろこびの姿があったのを忘れない。

八〇年八月、彫刻家金城実さんの「戦争と人間」と題する大レリーフと共に一三〇人が沖縄キャラバンをしたときも今井さんは一緒だった。そんな今井さんの積極的な勧めに刺激されて事務局みんなで額を寄せて作ったのは、八四年七月発行の七ページのパンフレットであった。しかし今井さんは八四年四月、このパンフを見ることなく昇天された。六十二歳であった。

表紙の〝忠魂碑どけて〟の丸文字がどれもがたついていて、いつかは忠魂碑が崩れることを暗喩している。それらデザイン、イラストは神坂夫妻の息子直樹君が手がけた。彼は後に「裁判官任官拒否」訴訟を闘った。パンフには提訴の発端、忠魂碑の歴史、訴訟の経過を述べたが、短歌を四首入れようということで、私のノートの出番がきた。書きとめた数ある歌の中から三木原さんの〈国定の教科書に殺されしは……〉に絞られたことは不思議千万。次の〈権力の都合によりて殺されし人を美化する忠魂碑悲し〉は、支援者の照崎忠雄さん（故人）のだが、他の二首はやはり私のノートから採ったもので、三木原さん同様、未知の人の作品である。それ以後パンフが大活用されたことは言うまでもない。八八年三月に改定版を作り、それにも三木原さんの〈アジアの民衆二千万を殺ししことといわずよみがえる忠魂碑累々〉を入れた。

日時は定かではないが、神戸ＹＷＣＡでの集会に弁護団長熊野勝之さんが講師で出向いた日、神戸在住でその会員でもある三木原さんが出席されていて、配られたパンフ〝忠魂碑どけて〟を開けば自分の歌が載っているのでビックリ仰天！掲載歌の名前は千加であったが、後に出版された歌集は深山《みやま》あきというペンネームを使われた。

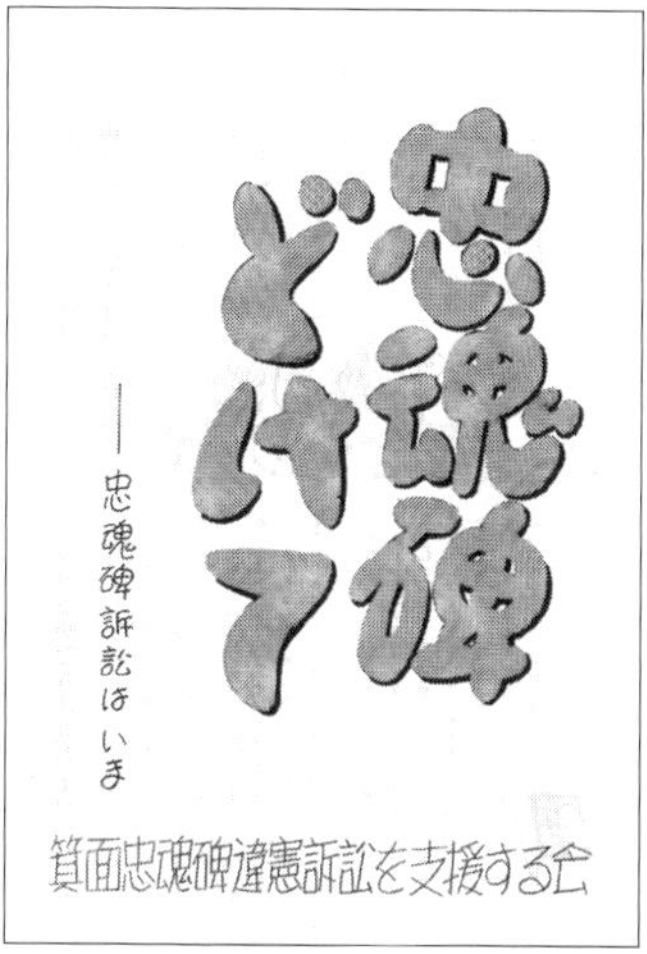

忠魂碑違憲訴訟の初パンフレット

六五年六月に家永三郎教授が「教科書裁判」を起こしたが、三木原さんは当初から物心両面の熱い支援者であった。彼女はかねがね自分が関わらねばならないのは「教科書裁判」と「忠魂碑訴訟」と「水俣」と「沖縄」、そして日本軍「慰安婦」問題だと思い定めていた。その思いの一つにさしだされたのが〝忠魂碑どけて〟のパンフであった。しかも自作の歌が載せられていてまるで符合の如し。

彼女から多額のカンパが届いたのは八六年秋であった。この時点ではまだ三木原さんがどういう人なのかわからず、一首の歌がもたらした展開に私たちはおどろいた。原告団長の神坂哲さんは、自身もパンフ作りにいそしんだので、三木原さんの歌は知っていただろうが、この年の一月に急逝されたので、その後の展開は知る由もなかった。

敗戦↓自己変革↓社会詠へ

三木原さんが深山あきの名で歌集『風は炎えつつ』（石人社）を出版されたのは八七年五月三日。忠魂碑訴訟高裁判決はその年の七月十六日であった。その日、黒い車が裁判所をとり囲み、傍聴券抽選の長蛇の列のかたわらには、大きな日の丸、軍服軍帽で日章旗をふりかざす男たち、騒然とした雰囲気のなかに伊藤ルイさんの姿はあったが、来られたことを後で知った三木原さんには大混乱のなかで会えなかったのか挨拶を交わした記憶がない。後で気付いたのだが、三木原さんは非常に控え目で、この日も名のり出られなかったのだろうと思われる。

一審で画期的勝訴を克ちとった判決は、控訴審ではことごとく棄却という敗訴であった。裁判長らがさっとかき消えたあと、法廷で立ちつくす私たちに「これが日本の裁判所やぞー」と歓声をあげた男の声。たちまち「そうや、よう見とけー、これが日本の裁判所やでー」と、きっぱりとした女の声が応じた。徐翠珍さん、水田ふうさん、伊藤ルイさんであった。この日の痛烈なせりふはいつまでも耳に残っている。三木原さんが詠んだその日の歌八首から三首をあげる。

天皇のために死するを顕彰し「後につづけ」と忠魂碑あり

宗教的儀礼も習俗とかわしたる政教癒着の判決冥し

敗訴厳しく淀屋橋渡るに天と地をつなぎて大き虹かかりたり

そのとき、私たちの間でも、「あら、虹が……」と、ルイさんが目ざとく見つけた虹を皆がふり仰ぎ、熊野先生がパチリとカメラに。それはそれは大きな虹であった。神坂哲さんが虹になって皆に「ごくろうさん」と言っているようだと私は思った。

三木原さんから『風は炎えつつ』が一〇冊送られてきたのは八八年一月であった。乳白色の表紙に淡い朱色のカバー、それには自分で描かれた曼珠沙華が爆《は》ぜている。その上にビニールのカバーという、いかにもいとおしんで作られた美しい歌集である。扉に一首、

戦いはまぼろしならず痛みもち野に曼珠沙華爆ぜて咲きたり

私がその歌集を手にしたのは二六年も前だけれど、あの時の心のふるえは今も鮮やかである。開くたびにていねいに編まれた戦後史読本だなあと思う。なぜなら彼女が詠むのは、国家権力を批判

する社会詠というのか記録詠というのか、敗戦後、はじめのボタンを掛け違ったまま今に至る日本国家に対する果敢な挑戦であって、それは三つ年下の私も共感する事実である。

一九二四年生まれの彼女は、戦争中も身辺詠をたしなんでいたが二十歳で敗戦。「何かがおかしい」「騙されていたのではないか」という疑問を抱いてふり返ったその二十年は、教育勅語による天皇絶対の価値観に洗脳された無惨で取り返しのつかない歳月だったと気付いたのである。その後、心の拠り所を求めて仏典や聖書を読み、そのなかに記された非武装・非暴力の教えが日本国憲法第九条へとつながることを学んだ。その頃から歌の多くは社会詠へと傾き、朝日歌壇に何度か入選すると、「社会詠」を詠む上で大きな励みになった、と彼女は「あとがき」で述べている。

『風は炎えつつ』の格調高い「序文」

歌集『風は炎えつつ』は編集、註解、そして序文を乞うこともすべて三木原さんが自力でなされた。彼女六十二歳の頃である。序文は国語学者でエッセイストの寿岳章子《じゅがくあきこ》さん（故人）で、それが実に格調高くて「短歌史」に遺したいと思うくらいである。私が「よくあんな素敵な人に頼めましたね」というと、彼女はこう話した。敗戦後、疎開地石川県から神戸に戻って、短歌を本格的にと思い太田水穂《みずほ》主宰の「潮音」に入り、太田青丘《せいきゅう》の指導をうけた。『風は炎えつつ』の序文を太田青丘に頼んだところ、「忙がしい」と突っ返してきた。詠んだものがほとんど天皇・国家を批判するものだったので拒否されたことは明らかである。そういうことがあって「潮音」から「未来」

に移った。それで序文を岡部伊都子《いつこ》さんか寿岳さんかと迷い、寿岳さんに草稿を見せたら直ぐ引受けられたので、京都のお家まで行ってお願いをした。すばらしい序文がいただけたのだと。そのとき、寿岳文章《ぶんしょう》さんがお茶を運んでくださったので恐縮したら、「父の方がお茶いれるの上手ですねん」と、カラカラ楽しそうに笑われたと、仲良し父娘の情景が見えるような話であった。私が、「応接室の長椅子に和紙のお座布団があったでしょう」と問うと、三木原さんは「緊張してたので何も憶えてない」と言われたが、彼女の幸せな追憶に私もお相伴にあずかったようないい話であった。

ここで、その格調高い「序文」のほんの一部を紹介する。

万葉集には防人が故郷を離れて嘆く歌もあるが、十五年戦争の時代には、国民を戦場に駆りたてるため短歌は大いに利用された。それらが戦後明らかになったとき、寿岳さんは歌の限界を感じて一種おぞましい気分でさえあったが、一方で、そうではない歌もあったことを知り安堵感を得たと、次のように書いている。

私の研究上のことで、特攻隊の辞世をいろいろ調べる中に、短歌が彼等のいたましき死へのスプリングボードとさえなっているのを知って、ほとんど日本の伝統的な詩形式を憎みたくもなっていた。

だが一方、そんな歌ばかりでない、たたかいのむごたらしい情景や、兵たちの嘆きをかきとめたものもかなりあることもわかってきた。はっきりした批判歌さえよまれてもいたのであった。さらに、一九七八年、時あたかも有事立法問題でざわめいていたちょうどその頃、

徴兵は命かけても阻むべし　母・祖母・おみな牢に満つるとも

というりんりんと鳴りひびくような短歌が朝日歌壇に掲載された。作者はもう相当の年輩に達した石井百代さんだった。どんなに多くの人々がこの歌によってそれぞれにはげまされたことだったろう。

日本の短歌もなかなかのものと、再評価しだしていた私は、今胸高鳴るほどの感動をあらためて得ている。それは、深山あき氏の歌の数々にふれることが出来たからである。

そして、深山（三木原）さんの歌を、「とにかくまず社会のありようを見据え、しいたげられた人々への共感、そうする者たちへの怒り、それを許す存在へのいきどおりをまことに的確にうたいあげる作者の力量」と称えている。

寿岳さんも、平和、憲法、女性の自立をユーモラスに語る元気印の女性であったが、二〇〇五年

三月、八十一歳で亡くなられた。故岡部伊都子さん、寿岳さんはともに「箕面忠魂碑訴訟」の署名活動の呼びかけ人でもあった。平和憲法の尊さを識る惜しい人を、この国はバタバタと喪っていく。

三木原さん尹　貞　玉《ユンジョンオク》さんと会う

私は、自分がいいなと思った本を人に勧めたくなるので、それはなるべく慎しもうと思うのだけれど、『風は炎えつつ』の場合には、あの人、この人へと歌集を送りたくなった。歌集や詩集はどうも、と思う人もあるけれど、右などれのひどい現実に対して彼女の「啖呵を切る短歌」は、志を同じくする人たちを励まし勇気づけるだろうという思いもあった。

三木原さんに一〇冊、二〇冊と注文しては著者の謹呈文に私も手紙を添えて発送したり手渡したりした。「読んでいただけるだけで幸せ」と、売ることは全く念頭にない彼女の意向にそい、気が楽な作業であった。受けとった人の読後感がそれぞれにすばらしくて、彼女を喜ばせた。

第一歌集の後の出版の目あてはなくても、右傾化すさまじいこの国は彼女を一日たりとも安閑とはさせず、まるで戦後史を刻みつけるかのように歌が湧きでるのであった。

　　砂文字のごときもののなりわが死後を読みくるるなき反古を書き溜む

ところが、ふとしたことから、女性史研究家鈴木裕子さんらの強い勧めがあって、『風は炎えつつ』から二〇年後の二〇〇七年、第二、第三の歌集が同時に上梓された。その事は後にゆずるとして、三木原さんが最も心を悩ませているのは日本軍「慰安婦」問題。その被害女性のために九〇年初頭より心身を投げうって活動されている尹貞玉《ユンジョンオク》さんと三木原さんの出会いを書かねばならない。彼女は「私の九〇年近くの人生で尹先生との出会いは最高の喜びと光栄」と言い、「古川さん、その事だけはきちんと書いてね」と何度も念を押されているのだから。

尹貞玉さんのこと

尹貞玉さん、一九二五年生まれ。元梨花女子大学校教授。「韓国挺身隊問題対策協議会」元会長、のち共同代表として二〇〇一年二月まで務めた。
次の文章は尹貞玉さんの述懐である。

生まれて六年目、一九三一年に「満州事変」が起こり、日中・太平洋戦争が続いて広がっていきました。あの時代を振り返ってみましたら七〇歳代の日本人にも暗い記憶が多いでしょうが、私は恐怖、暗黒、「こごえる」という言葉で、私の日本支配の時代を表現したいと思います。あの時代の私の姿は、真暗なトンネル、骨をさす冷たい暴風雨のなかをびしょ濡れになって、足を運べないぬかるみのなかを、正体はあるけれども目に見えない、手で掴むことができない悪に追われて、逃げようと必死でもがく姿です。トンネルは永遠に続くかのように、果てしないように思われました。（第四回「女性・戦争・人権」学会〔二〇〇六年六月〕シンポジウムでの発言より。『平和を希求して』白澤社所収）

一九九〇年六月、自ら元「慰安婦」であったと名乗りでて最初の証言者となったのは金学順《キムハクスン》さんであった。同年十一月には「韓国挺身隊問題対策協議会」（挺対協）が結成された。電話で挺対協に申告してきた姜徳景《カンドッキョン》さんの描いた絵は、何と表現すればよいのだろう。絶対に忘れられない絵で、なかでも「責任者を処罰しろ――平和のために」は、女性国際戦犯法廷を開く強い動機になったという。

被害女性の尊厳回復と平和を求めて尹さんは世界を飛び歩き、来日講演は回を重ねた。三木原さんは神戸ＹＭＣＡで金学順さんの証言を聴き、教育会館で尹貞玉さんの講演を聴いたと言われる。私も会場は憶えていないが、尹貞玉さんの講演を聴いた。「慰安婦」にされた人々の「恨・憤怒」を思い、加害国の一人としての責務を心に刻む集会であった。

三木原さんと「慰安婦」問題

八四年の夏、「忠魂碑どけて」のパンフの一件で、私と三木原さんは赤い糸で結ばれたのだが、急速に親しくなったのは八八年一月に贈られた歌集『風は炎えつつ』に私が絶賛の手紙を出してからであった。二〇六年いや歌の出会いからだと三〇年のおつき合いになる。

その間、文通、電話、ＦＡＸ（私たちはケイタイさえ持たないのでアナログ人間と自嘲）でどれほどしげしげと交流し合ったことだろう。文字、文体は几帳面で生一本の彼女の剛さを表わしている。私たちの共通点は封筒を裏返して再利用することで、〝傘張り浪人〟みたいねと、それを楽しむのであった。

三木原さんのお父さんは、戦中、戦後を神戸市長田区で生ゴムのロール工場と鉄工所を経営して一代で財をなした事業家であったらしい。ひとり娘の彼女は、経理に堪能な婿養子のおかげで財を守れたのであって「亡き父に『お前は何をしよるじゃ』と言われそうだが、『慰安婦』問題に少しまとまった寄付をしたい」という。それは彼女の長年の念願であった。

寄付は二人とも迷うことなく尹貞玉さんの「挺対協」へとなり、私は詩人石川逸子《いっこ》さんに問い合わせてその連絡先を教えてもらった。私が石川逸子さんを知ったのは、八月十五日の恒例行事となっていた大阪での「心に刻む集会」で、正午の沈黙のとき、うす暗くした会場で朗読される心にひびく詩の作者が石川さんであった。それで私は手紙をさし上げたのであろう。以来、石川さんの季刊小誌「ヒロシマ・ナガサキを考える」の愛読者になった。私の「よき人々との出会い」のお一人である〔石川逸子＝詩集『狼・私たち』で一九六一年、H賞受賞。戦争、原爆、「慰安婦」問題などをテーマにする詩を書く。二〇一四年の「安倍首相の靖国参拝違憲訴訟・関西」の呼びかけ人・原告の一人でもある。―編集部〕。

九八年九月二十日、三木原さんは、挺対協代表の尹さん宛にカンパの申し出と、長年の思いをしたためて出状された。謙虚で真摯な彼女のすべてが表わされた手紙の中からカンパについてのところだけを写す。

まやかしの「アジア女性基金」に寄付する気持は毛頭ございません。軍の性奴と堕とされた皆さんの精神的・肉体的な深い闇を思いますと、この方々の人権回復の為に、何とかいささかでもお役に立てて頂けましたらとカンパ少々お送りしたいと思います。（金額は五百万円程）どのようにして送金すればよろしいかお知らせ頂きたく、よろしくお願い申しあげます。

「アジア女性基金」〔正式名称「女性のためのアジア平和国民基金」。村山富市内閣下の一九九五年六月、国民からの募金を基に被害者女性への償い事業を行なうとして発足。紆余曲折ののち、二〇〇七年三月解散。―編集部〕は「国民基金」とも言い、ここでは詳しく述べないが、「それがどれだけ被害者に対して侮辱的なものなのか、日本政府はいままでの人権蹂躙に加えて精神的屈辱を与えた」と尹さんは言い、「国民基金」では日本は国家として犯した犯罪から自由になれませんと、その責任のすり変えを厳しく糾弾される。三木原さんは九五年一月十七日の阪神大震災で長田区の自宅が全壊。北区の老人ホームに入居。夫も自分も病気をかかえて、カンパの事も思うにまかせず遅くなりましたと、尹さんに詫びるのであった。手紙の追伸に機関誌「憲法兵庫」に掲載された「慰安婦」の歌他、四三首が添えられている。二首をあげる。

闇に死に闇に生きこし慰安婦の〈哀号《アイゴー》〉の叫び身に重ね聴く
皇軍のゆくところ慰安婦ありという事実知らざり戦後も長く

尹貞玉さん（中央）と初顔合わせした
三木原さん（右）と古川
神戸学生青年センターにて
（1998年11月10日）

折返し尹貞玉さんからの長文の手紙には、「挺対協一同、多額のカンパに言葉を失いました」とあり、九〇年十一月、電話一台で運動を始め、七年で七回引越したが今の場所も狭くて引っ越したいが家賃がない、そこへ、三木原さんのお手紙が天からの福音のように舞い降りましたとある。今度は、仮称「女性と戦争」資料館をも運営したいので、三木原さんのカンパはその資料館の〝種金〟になります、とあった。

結局、カンパは手渡しということになって、九八年十一月十日、神戸学生青年センターに尹貞玉さんがお見えになり、三木原さんには私が付き添った。眩しいほど偉大な女性なのに、膝を交じえ手をとり合わんばかりの懐かしさを覚えた。尹さんは、カンパで移転する部屋の中央に大きな楕円型の机を置いて、壁ぎわに陳列棚を並べて資料を入れてと、構想を紙に描き頬を紅潮させて語られた。三木原さんは第三歌集『風の音楽―はばたけ九条の心―』（梨の木舎）の冒頭に「忘れ得ぬ出会い」として六首を並べた。その四首を掲げる。

風少し冷たき秋の日に会えりチマチョゴリ濃紺《こん》に清楚なる尹《ユン》女史

その裡《うち》に勁《つよ》きひとすじの意志もちてなおたおやかに謐《しず》かなる尹女史
尹女史の日本語「皇民化教育」の故《ゆえ》と知りたり胸塞《ふた》ぎ居り
尹女史と古川さんとわたくしと忘れ得ぬ出会いわが終章に

書き散らせし歌、よみがえる

三木原さんの第二歌集とこの第三歌集は、かねて尹先生と交流の深い鈴木裕子さんや、「女性・戦争・人権」学会の志水紀代子さんらが『風は炎えつつ』に強い衝撃をうけ、三木原さんが長年書き溜めた草稿をぜひ歌集にしましょうと勧められて生まれたのだった。

鈴木さんは、尹貞玉さんの『平和を希求して――「慰安婦」被害者の尊厳回復へのあゆみ』の編・注を担った優れた女性史研究家である。その鈴木さんによって埋もれていた貴重な社会詠が蘇ったのは幸いであった。しかもあの大震災で草稿が焼失を免れたのも不幸中の幸いであり、八十歳を超え病弱な彼女が諦めかけていた歌集の思いがけない出版である。

第二歌集『風韻《ふういん》にまぎれず――〈哀号《アイゴー》〉の叫び――』（梨の木舎）、第三歌集『風の音楽――はばたけ九条の心――』は、『風は炎えつつ』の刊行から二〇年経っていた。第二歌集の扉には〈銃をもて狩られ哀号《アイゴー》の叫び高くはた低く風韻《ふういん》にまぎれず〉を、第三歌集には〈アンデスの風の音楽を聴きて居り国境・軍《いくさ》なき地球は来ぬか〉が掲げられている。私が「三冊とも風が主役ね」と言うと彼女は、「あら、ほんとね！」と笑った。「風化」とか「和解」とかを毫もゆるさぬ人である。二人は長電話

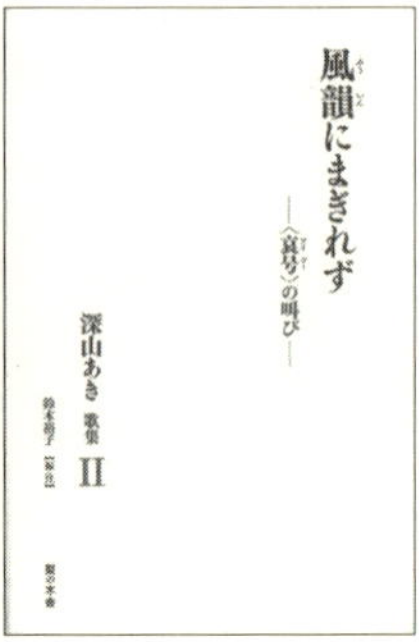

のあと時々〈志まっすぐにあれ松の芯〉と互いに言い合って電話を切る。詠み人知らずの俳句だけれど、二人とも気に入っている。

私たちが神戸で尹貞玉さんにお会いした頃、尹さんは「女性国際戦犯法廷」開催に向けて非常に忙しい時期であった。それは、松井やよりさんの提案で発足し、二〇〇〇年十二月八日から十二日まで、東京の九段会館および日本青年館で催された。松井やよりさんは、朝日新聞記者を退社後、ＶＡＷＷ‐ＮＥＴジャパンの代表者のとき、ソウルで開かれたアジア連帯会議で「日本軍性奴隷制を裁く女性国際戦犯法廷」を発議、満場一致で採択されたのだった。加害国日本、被害六カ国、証言者として被害女性八カ国六四人を招いて、参加者延べ六〇〇〇人にのぼった世界の市民による民衆法廷であった。尹貞玉さんは松井やよりさんとインダイ・サホールさんとともに、国際実行委員会共同代表を務められた。

深山あき第三歌集『風の音楽』より四首をあげる。

「天皇ヒロヒト有罪」に会場沸《わ》きしとぞ「女性国際戦犯法廷」

思惑のあれば国が回避せし〈天皇を裁《さば》く〉国際民衆の法廷

占領のアジアその地で婦女子犯し虐殺重ねし天皇の軍隊
千五百人の集会報ぜぬマスコミがあり天皇を言えば右翼襲う国

この最後の歌のように国内大手新聞は、この歴史的な大法廷をほとんど報道しなかった（朝日新聞は記事を掲載、共同通信も配信）。一方、私が所属する「ふぇみん婦人民主クラブ」発行の『ふぇみん婦人民主新聞』（以下『ふぇみん』）は、一月一日号を特集として三ページにわたって大きな写真入りで報じた。それと二〇一四年の「安倍首相靖国参拝違憲訴訟・東京」の呼びかけ人および原告代表として老体に鞭うち最前線に立つ関千枝子さんが、当時編集長であった『女性ニューズ』に詳細を報じた。その後、NHKはETV特集「戦争をどう裁くか」の第二夜「問われる戦時性暴力」でこの民衆法廷を取り上げ、放映したにもかかわらず、安倍晋三官房副長官（当時）らの介入で内容をすっかり改変。後に「改竄《かいざん》訴訟」となったことは記憶にあたらしい。深山歌集『風の音楽』より四首。

〈天皇有罪〉の判決ありしことNHK寸毫《ごう》も報じず
「慰安婦」も加害兵士の証言も消え法廷の実際何もわからぬ
権力との癒着顕《あき》らかNHK懇《ねんご》ろに報ず安倍・中川の詭弁《きべん》
ムッソリーニ殺されヒトラー自殺し天皇擬《ぎ》されぬ「平和天皇」

国際民衆法廷に生命をかけ心血を注がれた松井やよりさんは、「あきらめないで闘い続ける人同士のつながりは本当にすばらしい。最後まで闘う人生でありたい」と言い遺し、「法廷」から二年後の二〇〇二年十二月、昇天された。

三木原さんから送られた膨大な通信、資料、何度も開く三冊の歌集、それらから溢れんばかりの体制や権力に対してのしつこいまでの批判、追及に、私はほとほと疲れてしまう。なのにやっぱり読み耽ってしまう。まるで中毒症状のようだと思いながら……。

〔追記〕「女性国際戦犯法廷」報道の後日譚

私がお送りした『ふぇみん』を尹貞玉さんはとても喜ばれた。その後、『ふぇみん』による〇二年七月二十二日から二十六日までの韓国ツアーに、私は尹さんに再会できるかも、と期待して参加した。尹さんに日程表をお送りはしたが、すでに挺対協を降りて他のプロジェクトに専念されていたので、お目にかかれるだけでよいと思っていたのに、二十四日の水曜デモに私たちを迎えて、日本のマスメディアが背を向けた「女性国際戦犯法廷」の記事を書いた『ふぇみん』の皆さんですと、その勇気を讃えて紹介された。その後、昼食を共にし、古風な茶店の奥の間で、ご自身の幼少女期、日帝の植民地支配下で名前も言葉も奪われながらも、父母と共に抵抗したことなどを話された。三木原さんは夫君の介護で一緒に行けなくて残念だったが、『ふぇみん』紙と三木原さんの厚い志のおかげで、生涯で最高の旅であった。

息子のひとことに背中を押されて

「選挙権があるのだろう」息子の一言それより読みつぐ憲法・歴史

敗戦を二十歳で迎えた三木原さん。戦時中は、本当のことを知らされなかったとはいえ、省みて身の縮むような国策にそった歌を詠んでいたという。

冒頭の歌は六七年六月、国立Ｋ大学で自衛官入学反対問題が起こり、政治的無知を思い知らされた頃、大学生の息子からの一言で、三木原さんは背中を押された。ＹＷＣＡの現代史勉強会に参加、そこでは一年ごとに憲法、教育、天皇制とテーマが変った。その後、市民同友会での講座、これは二十年余り続いた。短歌はそれまでの身辺詠が憲法を学び始めた頃から社会詠へと傾いていった。朝日歌壇に選ばれるようになると、それは大きな励みになった。『風は炎えつつ』のあとがきで自分の心境の変化を吐露している。

「政治思想・社会思想といいます程、私には難しいことは判りません。ただ良心的に非戦・非武装の考えであり、また弱者の側にあって人間平等、生きる権利の尊重を希う気持が根底にあります。これは、日本国憲法の根本理念につながるものです。この歌集は、戦争に加担してきた者としての深い自戒と贖罪の意味であると考えて居ります」と述べている。

少数の中の少数となりゆくとも九条・非武装ひとすじの意志
「地の民」と共に生きたるイエス学び春まだ浅き芦屋川帰る

三木原さんは、貸駐車場にしているフェンスに憲法九条の大きな看板を張りつけた。人通りが少ない場所だし、どれくらいの人が見てくれるかしらと言いながら。それで思い出すのは、「靖国合祀イヤです訴訟」の原告だった加賀市の西山誠一さんは、村の戦没者慰霊塔が移転した跡地を買い取ってそこへ憲法九条の碑を建てた。それから後にも自分の農作業倉庫の壁に「殺さない、殺されない、殺させない」と大書した下に「憲法九条を守ろう」と書いた。それは当時、参議院選挙を前にして、今書くべきだとの思いが強かったからという。

重なった内憂外患

二〇一四年の私は、同居の二男に先立たれたことに始まり、大切な友の三人を立てつづけに喪った悲しみの年であった。

息子は定年退職したばかりの六十歳、これから第二の人生という矢先で本人はさぞ無念だったろうけれど、最後は家に戻り親子兄妹、友人に見守られての幸せな九日間であった。

改めて思うのは、二人の息子を天皇の国に奪われたわが母は、終生憤りと悲しみを抱きつづけたことである。戦争がなかったからこそ息子は、六十年も自由に生きて、その命を奪ったのは、病魔であった。しかし、今も世界各地で戦火が絶えず、荒廃のなかで傷つき、あるいは無惨にもぎとられる命の何と多いこと！

死児抱え号泣の母親アフガンにイラクにいま在るゲルニカの惨

私が、この連載に三木原さんとの出会いを書くと伝えてから、三木原さんがたびたび念を押したのは、一首の歌で必然的に出会った私たちのこと、そして尹貞玉さんと、澤地久枝さんにめぐり会えた光栄と幸せをきちんと書いてほしい、ということであった。

三木原さんの肝臓がんが進み、息子さん一家との確執もあって、ひどく弱られたなとは察しながら、私も息子の病状が悪くて、気がかりのまま年が明けた。翌二〇一四年一月にＦＡＸが二度入り、「私と尹先生より先の方があればそうしてください。私のことは、褒めないで欠点も指摘してください。私を好きでない人から見れば、あなたの値打ちが下がります。どうも気になります。父も母も文化的環境から遠くそれは本当に可哀相でした。ではまた」。次のＦＡＸには、赤旗の「声」に添えて「生きるのも死ぬのも大変です」とあった。

二月六日、私が電話をしたら、いつものように長年の謝意を述べた後で、「息子が来て全部持って行ったので気が楽になりました。食べられないのにクスリばっかり山程……」と弱々しく笑って、ていねいなあいさつをして「ではご免ください」で切れた。

九五年一月十七日の阪神大震災で神戸市長田区の家が壊れ、夫妻で移られた終身介護型有料老人ホームは大規模な所で、二〇〇二年には、夫を亡くされている。

六日の電話の後、ホームの診療所に入られたようで、ケイタイを持たない彼女からの音信はプッツリと絶えた。三木原さんの信頼が篤い東京のNさんと私は、ホームの事務所に彼女の安否を問うことと、彼女の手に渡るかどうかわからないまま信書を送ることだけであった。

前々から世話をされていたKさんでさえ面会できず、息子さんに問うたら、「母の友人は全く知らない。母は僕が見ます」と、とり付くしまもなかったらしい。事務所は「個人情報」の秘匿義務とやら、Nさんと私の問い合わせにも素っ気ない応えであった。

二〇一三年十二月二十六日、安倍首相が靖国神社参拝を強行。直ぐさま立ち上がった「合祀イヤです・アジアネットワーク」によって大原告団が整い、翌年四月十一日、大阪地裁に提訴した。当日私は、息子の病状が悪くてハレの提訴に行かれなかった。あきらめ切れず、夜の集会には疲れた足をひきずって参加、懐かしい顔々に元気をもらって帰ったのであった。一週間後息子永眠。

「三木原さんのこと」を早く書いて読んでもらわねばと気があせるのに、雑多な用に追われて過ごしていた五月のある日、テレビが政治批判を熱唱するロック歌手の忌野清志郎を映していた。

二〇〇九年、五十八歳で亡くなったけれど、「民主主義」という国家のウソを引き剥がし、原発や戦争のない国をと高らかに唄う彼と、啖呵を切るように社会詠を紡ぐ三木原さんとが重なるのであった。忌野清志郎に反し、三木原さんは無名の歌人で詩人で、批評家である。しかも多くの日本人がタブーとする反天皇・反靖国を貫ぬかれる姿勢は強靭でいささかの妥協もないのは本当の自由人なのだが、それだけに孤独な人。いつも謙虚でひかえ目である。本人は、「蔭からギロッと見ている私は、意地悪なのかもね」と言うが、権力や傲慢や差別が許せなくて、それらを蔭から裏から見透かしてことばで表現し、行動する人である。

菊の紋章ひとすじに護らんと終戦の決断遅らせたり天皇
眼窩冥く風は炎えつつ髑髏《どくろ》累々と菊の紋章を囲繞《めぐ》れり
当然のごとく「君が代」は奏さるる天皇主権の国ならなくに

九条の会と澤地久枝さん

二〇〇四年六月十日、九人の呼びかけ人で「九条の会」が結成された。井上ひさし、梅原猛、大江健三郎、奥平康弘、小田実、加藤周一、澤地久枝、鶴見俊輔、三木睦子の九人である。今ではその中の多くの方が故人になられた。三木原さんから送られた「赤旗」紙は、約八十人という異例の記者会見などの写真や「九条の会」アピール全文を大々的に報じた特集であった。朝日、毎日の各紙は共に十一日の夕刊に小さく載せただけで神戸新聞は掲載もせず、と三木原さんは怒りをこめて書きつけるのであった。

戦争を煽りしマスコミの重き罪「九条の会」の発足も知らせず

二〇〇四年九月十八日、「九条の会」の初の地方講演会は大阪中之島中央公会堂で催された。その日、残暑厳しいなか四千人が詰めかけた中に、三木原さんも私も場外にいたのだがとうとう会えずじまいだった。三木原さんは、その情景を「九条の会大阪講演」と題して十三首を詠み、澤地さんに送られている。その中から八首を抜粋。

会場に溢れ広場に座すは二千五百「九条講演」熱気炎えたり
講演者玄関に並びて挨拶す場外二千五百感動の拍手止まず
講演の声場外マイクに透り内外四千の拍手の連帯
平和憲法は普通の原理つね鮮らか「宝の泉」と井上ひさしは
殺戮と破壊の連鎖断ち切らねば「九条」は世界の平和宣言（小田実）
核のみにあらずすべての武器の封印を澤地久枝言う「九条の会」に
逆コースも極まる危うき事態なれば黙さず喚びかけよと澤地久枝は
戦争への濁流いかにもとどめんか「九条の会」燎原の火となれ

集会の熱気と、三木原さんの昂奮が生々しい。その後「九条の会」は全国各地に続々と誕生した。さて、大団円は、日本国憲法公布六十年を迎えた〇六年十一月三日の神戸集合であった。「ははたけ！　9条の心」は、神戸市ポートアイランドのワールド記念ホールで七千五百人の大集会。講演者は、澤地久枝さんと、伊藤塾塾長の伊藤真さん。その他、若者たちによる「9条ファッションショー」やダンス、ライブ、コントが余興をつとめた。

和服姿の澤地さんは、よく透る声で戦争によって切り捨てられた人たちの無惨な人生を語り、「九条を変えてはならない」と訴えられた。それら話の中で突然三木原ちかさんと名を挙げて何首かを朗読されて、私は自分の事のように驚き感激した。いつものように別行動した私たちは会場で探し合うこともなく、彼女は自作の歌が読まれる間もひっそり息をひそめていたのであろう。もし私が傍に居たのなら、無理にでも三木原さんを立たせていたのに、と思った。

後日の来信によると、三木原さんはサイン会の所で澤地さんに会われたらしく「大変お疲れのようでご挨拶は一言、何を申し上げたのやらということです。澤地先生へ歌集を送って下さったのも、先生にお電話して下さったのも古川さんでした。お蔭で澤地先生、尹先生と、とても立派な先生にめぐりあえて私は幸せ者です」とあって、「痴呆の前なのかくどい手紙」と自嘲気味だが、否々、前からそうでしたよ、ということでどうやら私の文もくどくなって収拾がつかない。

三木原さんの謐《しず》かな死

尹貞玉さんから私に電話があったのは二〇一四年五月十一日、「三木原さんに二度FAXを送ったのに音沙汰がないので心配しています。自分は、ベトナムへ調査に行った帰りに倒れて背中を打って入院、ようやく起きあがれるようになりました」と。私から尹先生に電話したが通じないので手紙を出した。三木原さん宛の私の信書が一方通行のまま、七月九日、東京のNさんから三木原さんの訃報が入った。亡くなられたのは、六月二十八日未明だったと。それは私の原稿の最終稿を編集長徐さんに送った翌日で、その日は奇しくも伊藤ルイさんの十八年目の命日であった。「よき人々との出会い——三木原ちかさんのこと」は、とうとう読んでもらえなかったなあー。私の心にぽっかりと穴があいたみたいだなあー。

海に花束投げらるる死より悲しきか老人ホームのわれの終末
玻璃流るる烈しき雨を視ていたり死に真向いて謐かなれ敗者よ（敗者＝私）
いちにんの身に添う人もあらざりしよイエスの受けたる深き死の意味

帽子好きとは知らなかった

帽子売場に臙脂《えんじ》の帽子を一つ買う私の不幸を誰も気づかず

二〇一四年九月二十八日、神戸三宮の静かな料亭で三木原さんを偲ぶ会が催された。三木原さんの信頼篤い弁護士後藤玲子さんと、家同士の知人大野貞枝さんの呼びかけで万事が整えられ、三木原さんと特別深く関わった者たち十一人が集った。東京から四人、そのお一人は澤地久枝さんで、一同の大感激にもまして悦んだのは三木原さんだったであろう。卓上の写真は後藤先生のお宅の庭で撮られたもので、三木原さんが帽子好きだったことを私はこの日初めて知った。

好きな帽子を冠りながら彼女は、何を思い悩んでいたのか。不幸な己れを敢えてさらけ出す三木原さんの電話の数々を想い出してみる。

〈価値観が違うとはげしく抗えり怒り怺えいて分身は杳し〉、〈嗟嘆重ね他人より寥しく夫と棲むあわれやさしき言葉など欲し〉、〈万華鏡のごとき神経の疲れあり茫々と霧に捲かれても居たき〉

家族の、そしてホームの人間関係や政治に対する苛立ち、それらの痛苦をひとときやわらげるのは心許す友との長電話であったのかもしれない。

この日、韓国の尹貞玉さんからの哀悼の言葉が披露された。訳は、「女たちの戦争と平和資料館」の有村順子さん。一部要約する。

「三木原さんが神戸におられないことが信じられません。『生きる、死ぬ』……『いる、いない』が良く分からなくなっています。私は、霊魂の存在を信じます。三木原さんは霊魂を否定していませんが信じていない事は知っています。私は今年二月、ベトナムの海岸で転び、今は、腰が曲がり可哀相なおばあさんになりました。三木原さん、肉体から離れたその世界は清らかで自由ですか？今の世は、前よりさらにめちゃくちゃになっているみたいです。実に正確で鋭い三木原さん、その鋭利な批判力と、個性的な表現で、世界の指導者たちを一言で言い放てば、大笑いして私たちはスッキリするでしょうね。

この世のすべての懸念から離れて、平安に休まれることをお祈り申し上げます。気が向けば戦争を起こすことを考えている指導者たちのために祈ってください。あの世は、この世と違って三木原さんを怒らせる事はないと思います。安らかにお眠りください。」

紺のチマチョゴリを召して三木原さんからの寄金を受けとりに来られた日の清楚な尹貞玉さん。その前で完全に舞い上がっていた三木原さん。同行した私も幸せだったあの日を憶い出す。〈尹貞玉冷気澄む中のヒマラヤの孤高と咲ける青きその芥子〉。思慕する人への絶唱である。

晩年、心身ともに弱り果てた三木原さんを励まされたのは、澤地久枝さんであった。三冊の歌集『風は炎えつつ』『風韻にまぎれず』『風の音楽』は、歌のもつ記録性を考えると時代が生んだ作品集だと絶賛し、お見舞いに行けないことを断わりながら、「私の手はとてもあたたかいのです。痛みが紛れるほど……」としたためられた三木原さんへの手紙は何よりの励ましとお見舞いであっただろう。

溢れんばかりの〝啖呵を切る短歌〟

三木原ちかさんの怒りと悲しみの原点は、天皇の戦争責任を不問にした日本国民の〝いい加減〟

さであると思う。憤怒の歌は溢れんばかりで、次に掲げる幾首かの歌で読みとってもらえれば、私の説明など要らぬことと思う。

御前会議に居並ぶ参謀叱咤せしをA級戦犯にのみ責任を負わせて
鬼哭啾々いく千万の人の子を死なしめしこと罪なしというや
「無駄な穴掘ったところはどのへんか」戦後巡幸の天皇の言葉（松代の御座所・大本営）
皇民化教育の果てに自決ありて生きのびし者ら遺恨を語れ
戦争の起因も加害も蔽われて八月しめやかに戦没者慰霊祭
「戦陣に散り」という散らせしは誰ぞしらしらと言いしずしずと歩む
天皇教大き戦いの起因なるに恥ずるなし祝賀千人を超せりと（正月一般参賀）
「支持するにあらず利用するなり」と米国の意図にて残されし天皇
天皇の為に死するを顕彰し「後につづけ」と忠魂碑あり
ふり向けば銃口いっせいに吾に向く蕭々と白き秋風の中
死なば明日にも捨てられんものを蹲り整理して居りわれも芥か

三木原さんの予見のごとく彼女の亡き後の部屋は、きれいに空けられたそうだから、歌稿の類も廃棄されたのであろう。三冊の歌集が遺されたことは、本当に幸いであった。

三木原さんから私に送られたものには、自分で綴じた冊子類、自分史等々今回も書き切れなかった記録が多い。中でも、「本願寺論争」「横井正一の帰還」「小野田寛郎の生還」「源氏物語千年紀」「迫り来る破局」「朴裕河『和解のために』」等で彼女の批判は、手厳しい。

「自分史」は、一年間教室に通って書いたという少女期の彼女と父、母の思い出であってなかなかの作品である。これは、書くべきであったと悔やまれる。夥しい資料を前にして思うのは、驚くほど探究心の強い人だということ。「西鈴蘭台9条の会」、神戸新聞、兵庫県短歌会等に詩や短歌を投稿、入選もたびたびである。

最後に二十年前にもなる阪神大震災を詠み、見事朝日歌壇に入選の歌二首と、いつも口ぐせだった一首を加えて、三木原さんの思い出を終わるとしよう。

靴下のまま飛び出しぬ靴貸さん毛布のところへと人らやさしき（近藤芳美選）
「くじけざれ、歌つづけよ」と瓦礫に佇つわれに新しき辞書持ちて来し（島田修二選）
何とまあ大河ドラマは武士ばかり剣と刀を誇示して止まず

※本章中の特に断りがない短歌はすべて、三木原ちか（深山あき）さん作。

第九章 「戦死ヤアハレ」、竹内浩三さんのこと

竹内浩三との出会い

私が戦死した竹内浩三をはじめて知ったのは、一九八〇年七月十二日の朝日新聞にあった、足立《あだち》巻一《けんいち》氏の「人間愛こもる戦争詩―戦没学徒の純粋な声　竹内浩三の詩碑に思う―」という記事を読んだからであった。

詩碑の大きな写真には、片かなで黒々と九行の詩が彫りこまれている。「戦死ヤアハレ／兵隊ノ死ヌルヤアハレ／コラヘキレナイサビシサヤ／国ノタメ／大君ノタメ／死ンデシマフヤ／ソノ心ヤ」。私はすぐさま戦死した二人の兄を思いうかべて息をのんだ。

記事の内容は、足立氏が、八〇年五月二十五日、小雨の降る中で伊勢朝熊《あさま》山上に建てられた碑の除幕式に参列されたときの情景と、竹内浩三の人物点描であるが、読み進む私の目は、次のくだりにピタッと釘付けになった。「彼は筑波山麓の空挺部隊で訓練を受け、フィリピンへ派遣されて

竹内浩三の詩碑（伊勢朝熊山）

四五年四月九日消息を絶った」とある。なんとその部隊は紛れもなく私の次兄小谷博のいた部隊であった。四四年九月末、私と姉と妹は母に連れられてその部隊の兄に面会に行ったのだった。

汽車の切符も手に入れ難いとき、東京からひたち北条まで何度も乗り継ぎ、宿で炊いてもらうお米を持参で、残暑の乾いた道をテクテクと歩いたこと、隊に着くと駆け寄って来た兄が面映ゆいような笑みを浮かべて、言葉少なく私たちを見つめていたことを思い出す。これが兄を見た最後となった。筑波の部隊では竹内浩三と同じ隊だったが兄の死亡告知書（公報）には、「昭和十九年十二月十九日台湾沖方面に於て戦死」とある。そうすると浩三さんは別の船でフイリピンに送られたあげく、死闘の地で「消息を絶った」ということになる。

彼は兵営で、実姉松島こうさんに捧げるために、軍隊手帳に一日も欠かさず「筑波日記」を書いたのだが、その最後の裏扉の隅に「赤子／全部ヲオ返シスル／玉砕　白紙　真水　春ノ水」と書きつけた。私は、この異様に痛烈な文字を穴があくほど見つめた。その驚きは今もつづき、脳裡から離れることはない。

戦争中、一木一草にも宿る天皇制のもとで国民は全て天皇の「赤子《せきし》」といわれた。その当時、もし見つかればひそかに消されたかもしれないのに、それを書き残した人がいたなんて！　私は、そんな事を考えたこともなかったというのに……。

一九二〇年前後、台頭した大正デモクラシーの空気の中で束の間の自由を味わった兄たちの世代。青年は誰もかれも戦争に狩りだされて、天皇のために死ぬことが最高の道徳であり栄誉とされた時代であった。竹内浩三は、心の中でそれをきっぱり拒絶していたのである。後につづく謎めいたことばは不可解だけれど私には次のように読みとれる。「ぼくは、いずれ玉砕するかもしれないが、それによってあらゆる束縛から開放され、本来の純粋な己れを取り戻すことができるのだ」。それは彼の自由への渇望であり、それを奪うものへの怨念ではなかっただろうか。

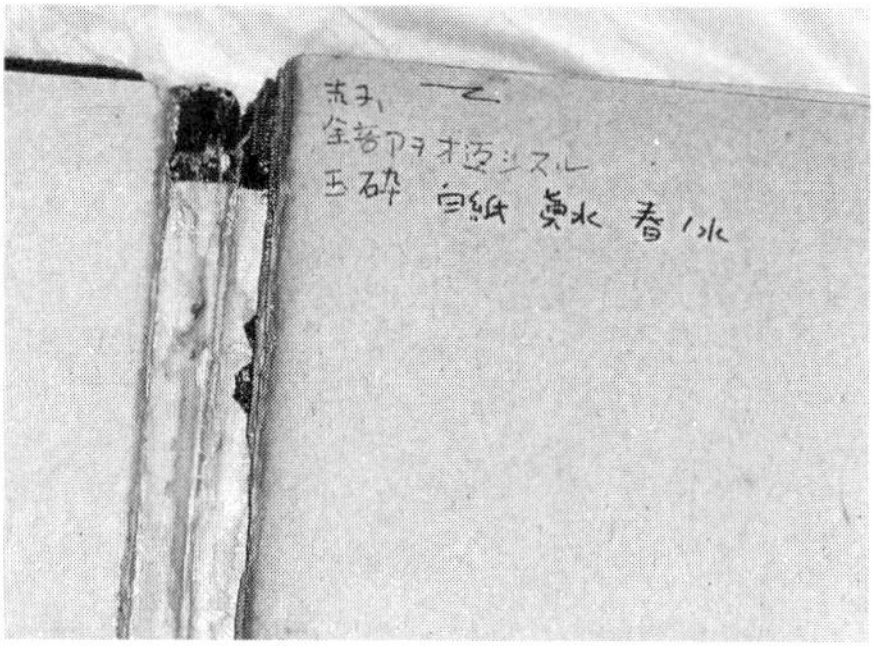

「赤子、全部ヲオ返シスル…」と書きつけられた
「筑波日記」が書かれた軍隊手帳の背表紙裏
（本居宣長記念館＝蔵、写真提供＝田中伸尚氏）

足立巻一氏（一九八五年、七十二歳で没）は、詩人、大学教員、著述業と多才な顔を持つ人で、自身従軍体験者として竹内浩三の詩に接したとき、「戦争中の自分の言動を思い、激しい悔恨におそわれた。世に文学碑は多いけれど、これほどきびしく歴史を証言し、真実を主張し、さまざまに覚醒を求める詩碑は少ないように思われる」と述懐されている。

兄との思いがけない奇遇で竹内浩三を知ったそのころ、私は「箕面忠魂碑違憲訴訟」に夫（九三年没）と共に原告参加して四年目になっていた。

市が、戦没者遺族会の強い要求で忠魂碑の移設再建に公費を当てることを市議会全員一致で可決。それに対して、「忠魂碑は宗教的施設であり、天皇制軍国主義、侵略戦争の精神的支柱であった戦争犯罪物である。それをまたしても教育の場である小学校正門前に建立するとは！絶対に許せない」と素早く行動を起こしたのは神坂哲、玲子夫妻であった（第六章参照）。それに呼応した市民九人による原告本人訴訟は七六年二月、市長、教育長らを被告として大阪地裁に提訴していた。

市費を投じて地上七メートルもの巨石に「忠魂」を深く彫り、高々と誇示して再建される碑。片や、「戦死ヤアハレ」の碑は、姉たち親族が私財で建てたもので、横一メートル高さ七〇センチの黒御影石である。つつましい詩碑だが、その言葉からは人間の尊厳と、いのちの源から吹きだした悲しみの声がきこえてくるように思える。

私は、二人の息子を「皇国」に奪われたと怒り悲しんだ母の涙を満身に受けとめて裁判に加わったのであったから、そんな母が竹内浩三を識ったら何と言ったであろうか、そのことばが無性に聞きたかった。父と共に大きな慰めと共感を得たに違いないとは思うのだけれど。

兄・博の最期が明らかに

私はことの次第を逐一、松下竜一さんに書き送った（松下さんのことは第五章参照）。

早速、松下さんから年末の「草の根通信」に原稿を、との依頼があり、追っかけるように八一年の年明け早々に、桑島玄二《くわじまげんじ》『純白の花負いて——詩人竹内浩三の筑波日記』（理論社）が送られてきた。竹内浩三はすでに松下さんの意中の人であったのだと心が弾んだ。

桑島氏は、当時、大学教員、日本現代詩人会会員で、戦後何年経とうが、戦争と戦死した詩人のことばかり書いているという人であった。足立巻一氏とは共に詩人仲間で親交が篤かった。私は、この書によってはしなくも、戦争を讃美し戦争に協力した多くの詩人を識ることができた。と同時にそれらの詩が美であることをきっぱり拒絶した竹内浩三の全容を識ることができた。私の蔵書の中で特別席に置かれる大切な書物である。さらに〝大切な書〟と私が思うのは竹内浩三と筑波の一一六部隊で同じであったわたしの兄小谷博の最後のさまが、この本で明らかになったことである。

次にその部分を引用する。

まず先発第一陣が、航空母艦「雲竜」に乗り込んで、昭和十九年十二月十一日宇品を出航したものの、台湾西方海上で、敵潜水艦の攻撃を受けて沈没。つづく第二陣（これに竹内が加わっていたとおもわれる）は、「日向」「青葉」の二隻の輸送船に分乗、同月二十一日に門司港を出発、二十九日には比島サンフェルナンドに上陸している。全員上陸はしたが、貨物の陸揚げ未了のうちに空襲を受け、装備の大半を失った。その夜半には、「日向」「青葉」も炎上。かくて初めて到着した戦場の実相は厳しいものであり、空挺作戦の実施は誰の目にも望みなしと映じた。かくなる上は、最後の一兵に至るまで敵陣に切り死を行うのみ。

兄は海の藻屑となり、浩三さんはルソン島で斬り込み隊として、ひょんと消えたのだった。兄からの最後のハガキは家族一同宛、「万感をこめて」とした別れの文で、宇品町ふじや旅館にてとある。

話は逸れるけれど、航空母艦「雲竜」についてこの際書き留めておきたい信書がある。

神坂玲子さんの友人、浅尾桂子さんが、松下竜一『憶ひ続けむ』の文中で大発見があって、八四年十一月十一日付で私宛にしたためられたもの。

浅尾さんが呉工敞の挺身隊に行っていたとき、兄の乗っていたであろう「雲竜」が出航するのを見送ったのだという。お昼休みに外で海を見ていたら、「怪物の様な真黒の航空母艦が凄い速力で現われました。私たちは懸命に手をふって呆然と視つめておりました。……進水式のあった日は、昼弁当に珍しい赤飯が出ました。それから間もなくの出航です。心に深く沈めたままでしたのに、四十年経たいま蘇ろうとは！その名前が「雲竜」とは。お兄様の最後を懸命に手を振って見送っていたのですね。昨日のことのように思い出します。南無阿弥陀仏」と書かれていた。

別の資料によると「雲竜」は新造の航空母艦であったが、載せる飛行機がないため輸送船として使われ、ロケット特攻機「桜花」や武器弾薬を積んでいたので、米潜水艦の魚雷を受けて爆発炎上、艦は真っぷたつに裂けて見る間に沈んだとある。天皇の「赤子」と言われた国民は火箸に至るまで供出し、食うや食わずで「勝つまでは」と「一億一心火の玉」となった時代であった。

法廷で陳述した「戦死ヤアハレ」

一九八一年三月十九日、箕面忠魂碑訴訟一審の最終弁論では私への証人尋問が加わった。途中から、当時箕面在住の加島宏弁護士が忠魂碑訴訟への援助を惜しまれなかったが、私たちは原告本人訴訟であったから、尋問者は原告団長の神坂哲さん。前夜遅くまで打ち合わせをしたのに、私は足が地につかなかった。

証人尋問は、哲さんの落ち着いた誘導に助けられて何とか無難に進行した。その最後は、前年の夏以来、ずっと心を占めていた竹内浩三の詩「骨のうたう」の終連の「戦死ヤアハレ／兵隊ノ死ヌルヤアハレ／……」と、二人の息子を戦争に奪われたわが母の絶唱、「是れに増す悲しき事の何かあらん亡き児二人を返せ此の手に」を読みあげた。そして戦死を讃美する忠魂碑と、竹内浩三の命をいとおしむつつましい碑とを対峙させて、どちらが兵士の本心を表わしているでしょうか。国のため、大君のための戦死者は、あわれな犠牲者で犬死であったと陳述した。私はできるならば「骨のうたう」の全連をこの法廷にひびかせたいと思ったのだった（書面では提出）。

竹内浩三を代表する詩、「骨のうたう」を声に出して読まれることをお勧めしたい。詩は、彼がフイリピンの戦線に赴く直前、友人あての手紙にはさんで送ったものであった。

「骨のうたう」

戦死やあわれ
兵隊の死ぬるや　あわれ
遠い他国で　ひょんと死ぬるや
だまって　だれもいないところで
ひょんと死ぬるや
ふるさとの風や
こいびとの眼や
ひょんと消ゆるや
国のため
大君のため
死んでしまうや
その心や

白い箱にて　故国をながめる
音もなく　なんにもなく

帰っては　きましたけれど
故国の人のよそよそしさや
自分の事務や女のみだしなみが大切で
骨は骨　骨を愛する人もなし
骨は骨として　勲章をもらい
高く崇められ　ほまれは高し
なれど　骨はききたかった
絶大な愛情のひびきをききたかった
がらがらどんどんと事務と常識が流れ
故国は発展にいそがしかった
女は化粧にいそがしかった

ああ　戦死やあわれ
兵隊の死ぬるや　あわれ
こらえきれないさびしさや
国のため
大君のため

死んでしまうや
その心や

死を前にした兵士のさびしさが沈痛な韻律となって胸にせまる。なつかしい故国へ帰ってきた「骨」が見たものは……。まるで戦後の日本を透視したような鋭さ！　これは痛烈な戦争批判詩である。後年、発見されたドイツ語の教科書の余白に書かれていた詩「日本が見えない」は、崖っぷちに立つ日本を、いや、地球全体を見透しているとしか思えない。竹内浩三は驚くべき慧眼の持主であった。

伊勢朝熊山上に詩碑を訪ねる

翌八二年三月二十四日、「箕面忠魂碑違憲訴訟」第一審は、古崎慶長裁判長で画期的勝訴をかちとった。勝訴後、全国各地からの支援、熊野勝之先生を団長とする六名の弁護団結成などと、私たち原告兼事務局は大忙しとなったが、『純白の花負いて』によって、私の兄の終焉の詳細を知り、かつ竹内浩三の総てに魅せられた私は、著者紹介に住所があるのを幸いに思いのたけを桑島さんに書き送ったのであった。それに対する桑島さんの返書は今も大切にしている。

次はその一部である。

「お手紙たいへんうれしく存じました。あなたのお兄さんが竹内氏と筑波で同部隊であったとは、しばし絶句しました。松島さんがついに面会に行けなかった吉沼村へお母さんとご一緒にお出でになったことなど、松島さんが知ったらどんなに喜ばれることでしょう。この事、近く松島さんに会う足立巻一さんに托します。あなたが松島さんと手をとりあって、なぐさめあわれる日のあることを夢みます。いまはもう胸がいっぱいで筆が進みません。後日を期しましょう。いま、私もあなたのことを心配申しあげる一員です」。

桑島さんは自民党政府の異例の判決反論や、右翼の誹謗、中傷を心配されているのであった。記憶をよびさまそうと当時の日記を見ると、一審判決後の私の生活の激変ぶりがよくわかる。私は五十五歳になっていた。夫は退職して家にいたので取材の記者やカメラが出入りしたり、原告の私たちが新聞に載るようになると極端に不機嫌になって自室に閉じこもってしまった。ああ、またいつものダンマリが始まったと思いながらも事こまかに話すひまもなく私は集会に出かけて控訴審に向けての支援を呼びかけ、判決冊子を売るのであった。しかもその間、小さい孫たちを預かったり、レタスやバラを植え、牡丹を三日かけて描いたり、三九度の熱があっても事務局に出かけたりと、信じられないくらいに活動する私がいた。

四月末、箕面の護憲集会では、神坂玲子さんが熱く支援をよびかけた。その日、私は撮影中だったドキュメンタリー番組、映像80「昭和の女たち」(第七章参照)のディレクター山崎義大さんに、今後のスケジュールに丹波柏原の小谷家の墓参と、伊勢朝熊山に竹内浩三の詩碑を訪ねることを加えてほしいと提案した。いずれも一日をついやすほどの小旅行だけれど快諾。私は桑島さんに報告すると同時に、浩三さんの姉上松島こうさんにこれまでの事情を縷々述べて、唐突ですが訪碑への同行をお願いしたいと書状をしたためた。双方とも、桑島、足立両先生への厚い信頼と、部隊を共にしていた兄と弟の遺族であるという奇縁があっての申し出であった。

松島こうさんから、桑島先生のご都合のよい五月二十八日に、山へご案内しますと、とびきり嬉しい返事があった。

五月二十八日、桑島さん、私と娘、毎日放送の山崎さん、カメラの喜田さんと助手の総勢六人の一行は、ナンバ九時四〇分発の近鉄特急にのりこんで宇治山田着は十一時六分。京都の娘を同行させたのは、竹内浩三の事を彼女にも記憶してもらいたいからであった。駅の階段下で松島こうさんがお出迎え、六十五歳の彼女は、何という美しい人であろうかと思った。こうさんは、松阪の八雲神社の宮司松島博氏の妻であり、博氏は神宮司庁史料編纂に携わる学者で、召集されシベリア抑留の体験者であった。

こうさんと私は手を取り合い、不思議な出会いをよろこびあった。しかし挨拶のなかで言われたのは、「古川さんがなさっている忠魂碑訴訟がどれほど大変なものなのか私はよく存じております。けれど私は宮司の妻としての立場上、訴訟とは一線を画すことをどうぞお含みおきください」ということばであった。もとより私が懸念したのはそのことであったから、気持が楽になり、弟を兄を国家に奪われた肉親の情は、お互いの立ち位置を抜きにして親しみ合えばよいのだと思った。

私はその事を守り、一四年五月に松島さんが九十六歳で亡くなるまでの長い年月、「靖国訴訟」

を口にすることはなかった。けれど、こうさんは私の友人に「浩三は靖国神社にはおりません。なつかしい故郷に戻っております」と言われたのを知った。やはり嬉しかった。

私たちはタクシーに分乗して標高五五五メートルの朝熊山上に着いた。志摩の海はキラキラと輝き新緑が眼にしみるようで、浩三さんの大好きな麗しの季節であった。山は昔から死者の霊が集まる聖地とされ、名刹金剛証寺の鐘楼と梵鐘は竹内家の寄進だという。奥の院への山門を潜った直ぐ左、小高い斜面に竹内家の墓が並び、その下に「戦死ヤアハレ」の詩碑が置かれている。新聞で知って以来、心に刻み込まれた碑の前にいま私は居るのだと夢を見ているようであった。

碑の裏面は桑島さんの撰文を松島さんが書かれたもの。そこには浩三さんの生いたちからフィリピン、バギオの高地に消えたこと、最後に「『骨のうたう』の一節を刻んだが、人間の純愛、生命の尊重をうたって絶唱の極みである。竹内の詩文は常に姉松島こう子への訴えとして書かれた。ここに遺された姉　詩碑を建立する」とある。私はその中の「…吉沼村東部一一六部隊に転属…」とある個所を指でなぞり涙ぐんだ。「佳子はいつも奇知に富んだ面白いハガキをくれる」と書いた兄の軍事郵便が残っている。私には、一歳上のわが兄と浩三さんが重なってしまう。最後に松島さんが碑文を朗読されたところをカメラに納めて、「映像80」の撮影は全てを終了したのだった。

この作品は一九八二年九月、神奈川県と川崎市が主催する「地方の時代映像祭」で優秀賞（草の根市民賞）を受賞した。審査委員長であった故鶴見和子さんは、「戦死した竹内浩三の『骨をうたう』を古川さんが尋ねるところがある。聳え立つ忠魂碑と小さい石に刻まれた『戦死ヤアハレ』の碑のつましさとを対照的に映し出した画面は鮮烈であった」（『毎日新聞』八一年九月十日付より）と評された。

プロデューサー石田晃三さんが、判決直後「忠魂碑が法廷に引っぱり出され、荒らぶる魂魄が戦争の不条理をきびしく問い質す。六年間弁護士もつけず、組織もなくがんばった原告たちへの取材を思いたった」と毎日新聞に書かれたが、鶴見さんの評は、石田さんへの何よりの賛辞であろう。その石田さんは数々のヒット作品を生み出したが、その多才を惜しまれながら八五年九月、五十四歳という若さで病没された。

竹内浩三の生いたちとその後

竹内浩三は一九二一（大正十）年五月、三重県宇治山田市（現・伊勢市）吹上町の裕福な呉服商竹内善兵衛とよしの次男として生まれた。母は短歌を嗜む教養豊かな人であったが、浩三が十歳のとき死去。以後四歳上の姉こうが母親代りとなった。

三九年、宇治山田中学校卒業直前に父が急死。四月、父の反対であきらめていた日本大学芸術科に入り映画の道へ進み、憧れの東京で青春を謳歌した。中学時代「まんがのよろずや」を発行。吃音でお人好し、数学は天才だが教練はゼロ。よく笑い教室中を笑いの渦にまきこむので、先生まで「竹内お前は笑い過ぎだぞ」と言って一緒に笑うのだった。

中学の大先輩には映画監督の巨匠小津安二郎がいたし、大学時代には伊丹万作に手紙を出して知遇を得た。万作を真似てカタカナで手紙を書いた。

四二年、中学時代の親友らと『伊勢文学』を創刊、五号まで出したが、その年九月、勅令により日大専門部を半年繰上げで卒業。赤紙（召集令状）で十月一日、三重県久居《ひさい》町の中部第三八部隊に入隊。四三年九月（二十二歳）茨城県吉沼村筑波山麓に新たに編成された東部一一六部隊に転属。四四年一月一日から「筑波日記——冬から春へ」執筆。みどりの季節とした二冊目の「筑波日記」は中断。十二月比島へ送られ、四月九日斬り込み隊員として消息を絶った。三重県庁からの公報によれば「陸軍上等兵竹内浩三、比島バギオ北方一〇五二高地にて戦死」満二十三歳。

姉とその家族に囲まれた竹内浩三
出征の前日（1942年9月30日）

彼のライフワークとなってしまった「筑波日記」の一冊目は、姉に頼んで送ってもらった宮沢賢治の作品集をくり抜いた中に隠して、最愛の姉のもとに送り届けた。戦死一年前のことである。

浩三は姉に、「ボクの書いたものは全部取っといておくれ」と言い残した。弟の才を見抜いていた姉によってそれらは大切に守られ、しかも度重なる空襲の難をも免れた。彼は再びそれを見ることはなかったが、姉は自分の亡き後の散逸をおそれて九七年秋、全てを松阪の本居宣長記念館に預けた。

弟を甦らせた姉の意地

六三年、松阪市は市制施行三〇周年記念行事の一つに戦没市民の手紙集発行を企画した。市長の梅川文男（故人）は浩三の母校宇治山田中学（山中）出身で、市民の絶対的支持のある文化市長で、集まった手紙は千五百二十通もあり、出版担当者は当時社会教育課長だった高岡庸治（後に本居宣長記念館館長をつとめた）だった。それに応じて松阪に住む浩三の姉松島こうが差し出した『愚の旗』に「骨のうたう」の詩があった。

『愚の旗』とは、浩三の中学時代の無二の親友中井利亮が、松島こうから浩三の遺稿集を作ってほしいと頼まれて、浩三の死後十年目に私家版として二百部を出版したもの。

敗戦後、詩や絵画などの世界で〝戦争責任論〟が取り沙汰されていた時代に、いのちの尊さを謳った一兵士の詩「戦死ヤアハレ／兵隊ノ死ヌルヤアハレ」は編集者らをおどろかせ「ああ、この詩こそ手紙集発行の意図するものだ」と巻頭に入れ、本のタイトルも詩の一行である『ふるさとの風や』とした。

マスメディアによってたちまち竹内浩三の名は拡がり「骨のうたう」は大変な反響をよんだ。それを機に同郷の後輩たちや竹内に魅せられた人たちによる出版が相ついだ。私が最初に手にしたのは「戦争詩」の研究者で詩人の桑島玄二の『純白の花負いて――詩人竹内浩三の〝筑波日記〟』で、この書ではじめて竹内と同じ部隊に居た私の兄博の戦死の詳細を知ったのだった。

桑島さんとはそれがご縁で、竹内浩三の姉上と私の劇的な出会いを朝熊山上の詩碑を訪う旅で叶えてくださった。こうさん六十五歳、私は五十五歳であった。この出会いの直後、こうさんから美しい文字の手紙と貴重な『愚の旗』を賜わった。次の引用は、こうさんからの手紙の一部である。

「思いがけぬ御縁でお目にかかる機会を得、浩三の詩碑に御対面いただきまして、ほんとうにうれしゅうございました。（略）又、お会い致し吉沼の事ども語り合いたいと存じております。益々の御活躍祈り上げます。（略）」

　戦跡を訪ねられた歌の中から一首をあげる。


「姉さんはとうとう来たよ」と手をつきぬこの土バキオ一〇五二高地（松島こう）

　竹内浩三の出版が相次いだなかでも、その先がけとなったのは前述の方々なのだけれど、竹内浩三の研究をライフワークにした小林 察《さとる》氏のことについて少し述べたいと思う。
　NHKチーフディレクターの西川勉《つとむ》は、小林察と同郷、山田中学校でも同窓の親友であった。その勉《べん》さん（愛称）が、八二年八月十日ラジオ放送の夏期特別番組を制作中同年七月十五日に急死した（この事は後述）。シナリオはほとんどできていたの

小林察さんと筆者（2003年5月、伊勢河崎商人館にて）
この日の集いでわたしは浩三さんとの出会い、忠魂碑、靖国の話をした。

で放送は完璧に実現した。親友の最後の作品となった未知の竹内浩三に、小林察はたちまちのめり込んで出版を重ねた。そして遂に二〇〇一年、藤原書店から小林察編『竹内浩三全作品集　日本が見えない』が上梓された。

それは、まんが、詩、手紙、日記、シナリオ、写真等々を満載した七百ページ余の書である。図書館でリクエストしてぜひ読んでほしい。

小林さんの竹内への哀惜の情は切々として胸を衝つ。私が「箕面忠魂碑違憲訴訟」のさなかに出会うべくして出会った竹内浩三は、以来私の胸深くに住みついて闘う私を支えてくれる。

いま私の手元に一八冊も「浩三さんの本」がある。その大方は松島こうさんから賜わった。何度も読み耽っては涙ぐむ。浩三さんと較べようもない兄だけれど、同年代の二人、似たところも多くてつい重ねてしまうのである。

竹内浩三は生き生きと甦り、あの剽軽《ひょうきん》な顔で私たちに笑いかけるのである。

松島こうさんは一四年五月、弟が愛したみどりの季節に九十六歳で旅立たれた。娘の庄司乃ぶ代さんには「人生の後半は竹内浩三を世に出すためでありました。それは強い意地だった」と語った。

母のあとをしっかり引き継いだ乃ぶ代さん。叔父の浩三が出征したのは四歳のころだったが、膝に抱っこして宮沢賢治の「風の又三郎」の主題歌を歌ってくれた「バリトンの低い声が耳に心地よかった」ことも覚えている。

安保関連法でこの国の在り方が問われている今、浩三お兄ちゃんの詩の一節を思い出すという。「戦争は悪の豪華版である。戦争しなくても建設はできる」ということばを。

あるNHKディレクターの死

NHK教養科学部チーフディレクターの西川勉さんから私に「竹内浩三のことでお聞きしたいので（七月）十五日に伺います」と電話があったのは直前の十三日だった。

その日は晴れた風の涼しい日で、三時ごろおいでになった。太い眉、所作がていねいで、むっつりと重々しい方だなという印象を受けた。録音を採られるので縁側の障子を閉めたが、扇風機をまわすほどではなくてすぐ取材に入った。

私の次兄博が、竹内浩三と偶然同じ部隊にいたと知って、彼を非常に身近な存在として感じること。彼の天衣無縫な人柄や、戦後を見透していた詩に心が震えたこと。「赤子／全部ヲオ返シスル」のことばへの驚きのこと。それらが、箕面忠魂碑違憲訴訟をたたかう私の心構えを一層強めてくれたこと。

次いで一審の法廷での証言で、市費で建てた戦死賛美の巨大な「忠魂碑」と、身内の人らが建てたという小さな碑、竹内浩三が「戦死ヤアハレ　兵隊ノ死ヌルヤアハレ」と言いきった詩碑を対峙させて、「どちらが兵士の本当の声でしょうか」と述べたことを話したと思う。さし上げるつもりの「判決文」冊子を三百円きちんと払い、重そうな黒いバッグに納められた。忠魂碑を見てから東京へ帰りますと、四時ごろ辞去されたのを門口に出て見送った。

なぜ私が同道しなかったのか。その夜、神坂宅で判決勝訴後の編集会があるのに、私は連日多忙に追われていて宿題の原稿が書けなくてあせっていたからだった。

その月の二十八日、足立巻一氏の手紙で、「西川さんが十五日午後五時、新大阪駅ホームで心筋梗塞で死去されたが、いつ会われましたか」という文面に私はびっくり仰天、何ということだろうと思いながらすぐ返信したのだったが、「あの日、忠魂碑への同行と、宿題と、一体〝どちらが大事であったのか〟という繰りごととともに、夏期特集で竹内浩三を放送するなかへ、「忠魂碑」を何とか入れられないかと、伊勢の取材のあと大廻りして大阪郊外の箕面まで疲れた体で来てくださった西川さんの深い思いを私は考えつづけている。

八二年七月十六日付『東京新聞』朝刊に「新大阪駅で倒れ死ぬ　NHKチーフディレクター西川勉さん（四八）急性心不全。西川さんは現在NHK教育テレビで『日曜美術館』を手がけており、この日は夏のラジオ特集番組打ち合わせの帰りだった」と訃報が出た。

ドキュメンタリー「ある無名戦士の青春」

八二年八月十日、NHKラジオ夏期特集は「戦死やあわれ——ある無名戦士の青春」を放送した。これこそが西川勉のほとんど最後の作品となったものである。その夜、私は会合があったので後でテープを聴いた。四十分で竹内浩三をくっきりと浮かび上らせるすぐれた作品である。

その翌八三年七月、西川勉没後一年目に新評論から出版された追悼文集『戦死やあわれ、ある無名ジャーナリストの墓標』の冒頭に、夏期特集の（草稿）が入っている。（朗読）江守徹（出演）姉松島こう、他担当者の名があり、ナレーションは加賀美幸子。詩の朗読の後に姉松島こうの証言が入る。

「出征の日、見送りの人々が外で待っているのに、奥の座敷で新しい軍服を着せられた弟が、膝をかかえて、それに顎をのせてチャイコフスキーの『悲愴』をきいている。皆さんがお待ちかねだからと促すと「姉さん、軍隊に入ったらもうこんな音楽は聴けなくなるんだよ。最後まで聴かせてくれよ」といって、最終楽章まできいて門に出ていき、ちゃんとご挨拶をして出発しました。昨日のように想い出される」と声をうるませて語られる。軍隊や戦争がなによりきらい。詩や絵や音楽が大好きだった竹内浩三を最もよく表わす話である。情景がありありと眼にうかんで私も涙ぐんでしまう。

朗読や語りがふんだんにあって、戦争を厭う竹内浩三の心境が想像できる。『筑波日記』は一日も欠かさず二百九日間書きつづけたものだが、次の記述にハッとする。

（三月十六日）「コノ日記ニ書イテイルコトガ、実ニナサケナイヤウナ気ガスル。コンナモノシカ書ケナイ。ソレデ精イッパイ。ソレガナサケナイ。モット心ノヨユウガホシイ。貧シイコトバシカ持タナイ。ダンダント、コトバガ貧シクナルヤウダ。」

私の次兄が満州からの軍事郵便に「入隊してこまやかな情がなくなったせいか、かゆいところに手が届くといった様な便りが書けません。ヌーボーな便りしか書けません」と書いていたのを思い出す。

竹内の日記（四月十四日）「戦争ガアル。ソノ文学ガアル。ソレハロマンデ戦争デハナイ。感動シ、アコガレサエスル。アリノママ写スト云ウニュースデモ美シイ。トコロガ戦争ハウツクシクナイ。地獄デアル。地獄モ絵ニカクトウツクシイ。カイテイル本人モ、ウツクシイト思ッテイル。」

竹内浩三の戦争を見据えて直感する表現のたくみさに圧倒されながら、私は長兄のビルマ（現ミャンマー）からの母宛の絵はがきの一筆を思い出す。「天変地異、火花が飛ぶ様な生活の中をも幸運児は今日まで生き抜いてきました。今日以後もまた元気で生き抜くものと思います。（以下略）」五月十七日ごろに書いたものらしく、四四年だとすれば一年後には兄は遠い他国で果てたのだった。

江守徹の朗読は続く。『伊勢文学』の仲間の戦死を知らせてきた友人宛の竹内の手紙は読むたびに涙が流れる。全文を書きたいけれど長いので抜粋だけを記す。

「ハガキミタ。風宮泰生ガ死ンダト。ソウカト思ッタ。胃袋ノアタリヲ秋風ガナガレタ。（中略）

カレハモウイナイ。満州デ秋ノ雲ノヨウニトケテシマッタ。青空ニスイコマレテシマッタ。オマエ、カラダ大事ニシテクレ。虫ガフルヨウダ。」

つづいて加賀美幸子が語る「当時フィリピンを守備する日本軍は、山下奉文大将以下六二万人、うち四八万人がフィリピンの土となった。竹内浩三もその中の一人であったろう」。

そして姉の追憶。「五年前、浩三の戦死の場所を訪ねた。フィリピンのバギオは日本によく似た風景。今でもどこかに生きている気がする。故郷の墓には学生帽が埋めてある」。

慰霊団に同行した姉は三十余首の短歌をよんだがそのうちの一首をあげる。

汝が眠るバギオの丘にわが写真「悲愴」のレコードと共に埋めぬ

浩三は出征の日、この幟に送られた

この本の草稿にはあったが放送時完全に没になった「語り」の部分も書いておこう。但しは放送直前にＮＨＫから「古川さんの声は出ない」と断りの電話があった部分である。

語り。先月（七月）三十日、大阪高

等裁判所で箕面市の忠魂碑訴訟控訴審の第一回の審議が開かれた。出席した原告の中に古川佳子さんの姿も見える。古川さんは、二人の兄を戦争で失ったが、その中、次兄は竹内浩三と同じ空挺隊に属し、フィリピンへの途上、船と共に沈んだのである。（そのあとへ古川の証言）「戦死者を悼む碑を建てるなら、竹内浩三の詩こそ、一番ふさわしい。私の心の支えです。」

放送の全体の流れからすると終わりに忠魂碑訴訟が入るのはいかにも唐突だけれど、西川勉さんとしては戦死を讃美する「忠魂碑」にきっぱりと向き合うものとして「戦死やあわれ」を出し、それを心の支えとする私の思いを入れたかったのではないだろうか。

報道や放送の没なんてざらにあることだろうけれど、同じころのわたしの体験談をもう一つ。

忠魂碑訴訟一審に勝訴した八二年三月二十四日の昼、NHKの記者は私を局に伴ないビフテキをご馳走した後、取材をした。判決直後、自民党から凄い圧力があったからか、私が昭和天皇の戦争責任に言及したからか放送は完全に没、。タブーは現在もしっかりと根を張っている。

「シナリオ」の最後は伊勢朝熊山での浩三の詩碑の除幕式の情景と再度「戦死ヤアハレ」の全篇を江守徹がしっとりと朗読して終った。

私が西川勉の取材に応じたのはわずか一時間。それから一時間後に還らぬ人となってしまった幻のような人。松阪でこうさんらを訪ね、そのまま帰京されていたら事態は変っていただろうに、随分まわり道をして私と忠魂碑を訪ねられた西川勉。浩三さんに促されて箕面までわざわざ来られたようだと、ふと思ってしまうような何とも摩訶不思議な出会いであった。

千載一遇の好機を逸して臍《ほぞ》を噛む

西川勉について私が詳しく識るのは、彼の知友四人によって一周年忌に出版された〝墓標〟としての『戦死やあわれ――ある無名ジャーナリストの墓標』(前掲)であった。

目次を一覧するだけで彼の非凡な人格、知性がわかる。編集委員の「あとがき」による西川勉は、「今に喬木になるだろうと期待していた矢先に、彼は突然倒れた。しかし、彼がジャーナリストの矜持を持ちつづけ、マスコミの第一線で倒れることをいさぎよしとしていたことは確かだ。一作一作に精根を打ちこんでいたことは、彼の残した膨大な台本と共に二十数冊の「制作ノート」が如実に示している」。

私は、西川勉制作の「テレビ・ラジオ番組年譜」を見てはじめて気付いたことがある。それは一九六七年に始まり、八二年まで一五年間に彼が制作したもので二一五作もあった。その年代の私は家の内外ともに超多忙であったが、日曜美術館だけはほとんど欠かさず観ていたし、市のスケッチ同好会で小さい絵を描いたりしていた。それだけに日曜美術館は唯一の息抜きであり、優れた芸術家に接する私の乏しい教養の時間でもあった。勉さんがそれらNHKのチーフディレクターとは知らずに私は長年にわたり彼の高潔な品性や、ゆるがぬ思想を間接的に享受していたことになる。

その本には雑誌『世界』や『現代の眼』などへの投稿文も入っていて、中でも遺稿として収録された「天皇報道の欺瞞性」と題する文章を私は繰り返し読んで胸を熱くする。誰も言わない、誰も書かないタブーへの挑戦。戦争中、ひそかに書きのこした竹内浩三の肩肘をはらないタブーへの挑みを思いださせる。ここに全文を載せたいくらいだけれど、「天皇報道の欺瞞性」は次の引用でしめくくられる。

「「天皇制は不可避的に、つねに反動の側に傾かせる傾向を、日本の国家機構に与えてきた」というE・H・ノーマンの言葉を、改めて心にかみしめずにはいられない。」

愛惜あふれる二三名の追悼文のなかから、ある編集者の終わりの文を紹介する。

「(西川さんは) 仕事でも決して余計な言葉は口にしなかった。しかし、西川さんが、人間への深い愛情を抱き、テレビというメディアを通じてすぐれた映像をつくり上げたことは、いくつかの番組が如実に物語っている。その映像の背景にある思想、ヒューマニズムの鼓動がひしひしと迫ってくる。(…) ディレクターとして西川さんはテレビによってはっきりした言葉を語ってくれた。(…)

竹内浩三の詩碑

伊勢朝熊山上、金剛証寺にある竹内家の墓地に抱かれるように建つ。裏に刻まれている撰文は桑島玄二さんによる。

箕面市新稲の忠魂碑（1916年建立）

箕面市立西小学校の正門前に建つ。2重の基壇を含めて7メートルほどありそびえ立っている。

碑石の下の石には、戦後GHQの指令で碑を倒し土に埋めて隠したときのノミの跡が残っている。

私たちが、テレビを見て惹きつけられる番組は、こういうすぐれたディレクターの、思想と人間がにじみ出た作品である。西川さん、余りにも早く逝き過ぎた！」

こうして私は西川勉を知れば知るほど、あの日、箕面の忠魂碑の前に一緒に立たなかったことが悔やまれてならない。

小学校の正門前、通学路をはさんだ真向いに、玉垣をめぐらして七メートルに聳える「忠魂碑」。あの日、その前に並んで立って、勉さんの言葉が聞きたかった。竹内浩三の、いのちを慈しむ小さな「戦死ヤアハレ」の詩碑のことを語りたかった。千載一遇の好機を逸した〝大馬鹿者め〟。一生の不覚ではあるけれど、私は竹内浩三のお陰で生涯忘れ得ぬ人、西川勉に会えたのだった。

このあと、私の兄が満州からたった一人だけ筑波へ移ってきた「わけ」と、その部隊がたまたま竹内浩三の部隊であったこと、それからのさまざまな出会いと展開が私の人生に大きな影響をもたらしたことなどなど、牛のよだれのように延々とつづきそうな話は次節で書くことにする。

筑波の部隊へ兄が一人で来た理由

私の次兄小谷博は四一年一月、大阪で入隊後直ぐ満州（中国東北部）へ出征、ソ連（ロシア）との国境守備に当った。

満州国牡丹江省からの兄の軍事郵便は九七通あり、筑波に転属してからのは四二通残っている。全部検閲済みであるが日付けはない。

在満中の一通で兄の営倉入りの変事を知った。それは、青葉が萌え立つ頃に書いたらしいハガキで、「自分の毛付馬（自分が責任をもって手入れする馬）の旭月号を死なせました。前日までぴんぴんして鼻をすり寄せていた可愛いい奴でした」。しかし馬を死なせたことで営倉に入ったとある。

その後、長い間音信が途絶えて家族の心配が極限に達したころ、筑波郡吉沼村東部一一六部隊り隊から、昭和十八年九月三十日の消印があるハガキが来たことで、兄が内地に帰っているのを知った。それが竹内浩三のいる部隊であった。

兄は馬を死なせたことで営倉に入ったというがその後、なぜ筑波に移ってきたのだろう。もし馬が死なければ内地に帰ることもな

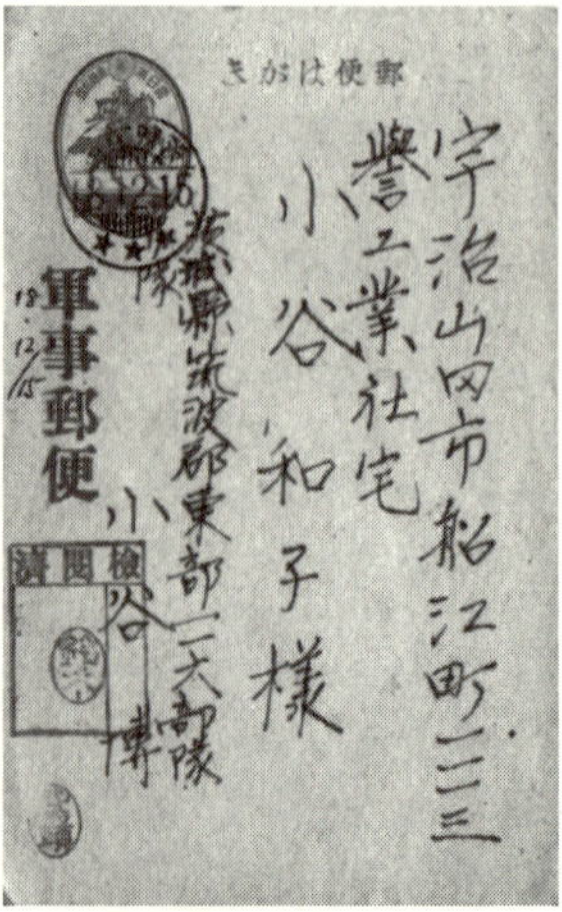

兄・博から届いたはがき

浩三の家はこのころ両親が住んでいたこの船江町の隣町、吹上町にあった。

くサイパンに送られて玉砕していたかもしれないし、あるいはシベリア抑留になっていたかもしれない。どちらにしても、私にとっては竹内浩三との降って湧いたような出会いも、その後の劇的な展開もなかったことになる。兄の毛付馬がこの奇縁を生みだしてくれたと思えてくる。

「こんなことってあるんですね」という不思議なことが人の運命を左右するのだなあ！

内地に帰った兄からは相変らず筆まめに軍事郵便が来ていたが、年が変った四四年一月二十日の消印で母宛に厚味のある封書が届いた。裏は住所も差し出し人もS子という女性の文字で表書きと中は兄の自筆である。女性が用意してくれたらしい便箋四枚にきれいな字でびっしりと、いつもの検閲では書けない母への甘え、良い成績の自慢、除隊後の結婚観や妹たちのことを書きつらねている。何度も母が出し入れしたであろう封筒は今はすり切れているが、黄ばんだ便箋はまだしっかりしている。

馬が死んだ辺りからを少し抜き書きすることにしよう。

一月十日、兵長に進級しました。本当だったら一昨年の九月には進級していたのですが、前の隊で自分の毛付馬が病死した為に営倉に責任問題で入りました。馬部隊で自分の馬を死なせた時は、もうその部隊ではどんなに一所懸命やっても頭が上りません。軍隊とはそんな所です。だから今度内地へ還った事は御恩になっている沢山の班長等が努力して下さったお陰だと心から感謝しております。（中略）

当地は本当に片田舎です。然し一度お会いしたいと思います。この二十五日迄に面会に来て頂ければ幸甚ですが、お母さんだけで宜しい。東京から土浦まで約二時間、土浦から支線でひたち北条まで約一時間、北条から部隊まで自動車で二十分、徒歩で一時間位です。然し無理をして来て頂かなくても結構です。どうせ三年前に不再会の覚悟はしているのですから。

その頃わが家では大移動があった。四三年三月、私が小学校二年生から九年間住み慣れた尼崎市の東洋紡神崎工場社宅から、両親は伊勢に、私たち三姉妹は箕面へと別居することになった。父が宇治山田に新設された東洋紡績傍系の傷痍軍人練成工場に取締役として赴任、私はあと一年で女学校卒業の時期だから転校したくないという事情であった。

伊勢の新住所は宇治山田市船江町。竹内浩三の生家と竹内呉服店は隣町の吹上町であった。戦時中に両家が近くに住んでいたというのも奇縁である。

『伊勢人』は隔月に二七年間発行された地域文化の香り高い雑誌で、〇七年八、九月は惜しまれながらの休刊号であった。その号は竹内浩三の大々的特集を組んでいる。これ一冊で浩三の全容を識ることができる優れた編集である。

その中に昭和十二年の山田のまち「伊勢参宮案内地図」があり、船江町と吹上町は広い八間道路を挟んで両家の間は一キロくらいだろうか。浩三さんが通った山田中学校は社宅に隣接する船江神社のすぐ近くであった。

母が娘らに送る海産物などを買い集めるために山田駅界隈や、河崎の問屋街をどれ程頻繁に歩き回ったことだろう。私たち姉妹は学校が休みになると山田へ飛んで行ったのだった。母にまといついて山田の町を歩いた。きっと浩三さんの居宅や呉服店の前を通ったことだろう。地図を眺めていると当時の情景が映像のように立ちあがってくる。

竹内浩三と兄の接点を見きわめる

竹内浩三は四二年九月、日大を半年繰り上げ卒業後三重県久居で入隊。翌四三年八月、筑波に編成された滑空部隊へと転属した。

そこへ先に述べたいきさつがあって私の兄は満州から単身で移ってきたのだった。一一六部隊は八〇〇人程いたらしいが中隊や小隊に分かれて兄は「り隊」で、浩三さんは「ほ隊」から「に隊」へと変っているから、二人は出会っていなかったかもしれない。S子の名で出した手紙で兄は母に面会を求めたり打ち消したりしているが、母は手紙を読んで直ぐ一人で面会に行ったのだった。短歌三首を掲げる。

四年ぶり取りていとしむ吾子の手の固き掌《たなぞこ》の幅の広さよ

己が気持あらわに出さぬ吾子ながら眼の中に涙光りき

子に別れ一人わが見る武蔵野の果に耀う酷寒の富士

それから三カ月後の四月三十日、兄は二泊の休暇で宇治山田の父母のもとへ帰っている。

偶々《たまたま》を会える愛子《まなこ》に母あれは埒もなきこと多く語りぬ

その年の九月、母は私たち娘三人を連れて再び筑波に行ったがそれが永久の別れとなった。

山田に空襲警報が出たのは四四年六月で、それからはたびたび警報が出るようになり四五年四月七日に初めて爆弾が落とされた。結局疎開せざるを得なくなり、宮川の上流の沼木村に農家の納屋を借り、同居の祖母と荷物を大八車に乗せて夫婦で運んだのは八月七日だったと母が日記に書いている。電灯もない蜘蛛の巣だらけの小屋で義母の看護に心を砕く母を私たちは見たのだった。

しかし、前年十二月十九日、海の墓場と言われた台湾沖で巨艦「雲龍」と共に兄は沈んでいたとは露知らず、誰もが苦難の日々におわれていた。

一方、浩三さんの親代りの姉松島こうさんは、松阪の由緒ある八雲神社の宮司の妻として、夫の出征後の神社を守り、子を育て、食糧の買い出しなどと目まぐるしい境遇の激変のなかで、「とうとう筑波へは面会に行ってやれませんでした」と話されていた。

前にも書いたのだけれど、竹内浩三のライフワークとなってしまった「筑波日記」は、はじめに「コノ　マズシイ記録ヲ　ワガ　ヤサシキ姉ニ　オクル」として昭和十九年元旦から四月二十八日まで一日も欠かさず記されたものであった。見た、聞いた、食べた、考えた、動いた、中でも苛烈な演習の状況などを溢れるがままに手帳に書きつけている。「筑波日記」の「冬から春へ　終り。」とあるページには、「四月モ終ル。（中略）五月ガ来レバト、何トナクヨイコトデモアリソウナト、アワイノゾミヲモッテコノ日記ヲ終ロウ。ヨイ日記ヲ書ケルヨウニト。」

このあと、裏表紙の扉に小さく「赤子／全部ヲオ返シスル／玉砕　白紙　真水　春ノ水」と書いている。自由を奪う者への「訣別宣言」と私は読む。

私の兄博は満州時代に雑多に書き散らした極小の手帳を残している。表紙は無くなって綴じ糸で辛うじて原型をたもっているが、中は文字と絵で埋められている。ふと思いついたようにして「自分がお送りした便りは一まとめにして取っておいてください。入隊中自分が考えた事、実行した事が其のまま書いてあるのですから、日記を付けていない自分にとっては以後の楽しみともなるでしょう」と書きつけている。

竹内浩三が姉に「ぼくの書いたものは全部取っといておくれ」と頼んだように、二人とも生還の望みを失っていなかったのだろう。

ただ、凡庸な兄と、非凡な浩三さんとではその内容と量において比ぶべくもないのだけれど、なおそれでも、一歳年上で、文学や映画や絵や写真が好きだった兄が、竹内浩三と同じ筑波の空のもとにいたという実感を掴みたくて二人の接点を私は貪欲に探すのである。

二〇九日間書きつづけた「筑波日記」は、宮沢賢治の作品集をくり抜いた中に隠して最愛の姉のもとへ送り届けたものである。弟の頼みを全霊でうけとめた姉のひたむきな思いがいま、こうして竹内浩三を甦らせている。

私は、兄の検閲済み昭和十九年三月二十一日の消印があるハガキで浩三さんとの〝接点〟を見付けることができた。大切な一枚だから全部書き写すことにしたい。

「三月十〇《ママ》日、昨夜から冷たいみぞれが降っていたが朝起きると一面の銀世界になっていた。五寸程も積もって旭日にぎらぎら輝いて目がまばゆい。子どもの頃は雪が積もると非常に嬉しいものだったが、今ではもう余り喜びというものは無い。然し山を神秘的に見せ松の梢を芸術的に装う自然の偉大さを見るとやはり雪は良いものだ。満州ではあれ程きらった雪だが。夜佳子より便り来る。佳子は卒業し周子は入学だ相だ。この間迄はねんねだと思っていたのに早いものだ。佳子の便りは何時も奇知に富んだ美しい文章で微笑ませられる。以前に送ってきた絵にも何処となく天才的なひらめきがあった。一番便りを呉れるのも佳子だ。周子の入学試験の成功を祈る。山崎班長殿よりも便り来る。葉書四枚書く。」

次は同じ日の浩三さんの日記である。

「三月十九日　雪ガツモッテイタ。右廊下ニ干シテオイタ衣袴ガ、マッシロニ雪ヲカブッテ、バリンバリンニ凍ッテイタ。ケレドモ雲一ツナイ、イイ天気ニナッタ。雪ガビショビショトトケハジメタ。雪ドケノ水ガ地面ヲ音ヲタテテナガレタ。屋根カラハ雨ノヨウニ水ガナガレオチタ。木々カラハ雫ガタ立ノヨウニオチタ。ソシテ、地面カラモ、自動車カラモ、ドブ板カラモ、湯気ガ立チノボッタ。一日、ナンニモセズニクラシタ。夕方ニナルト、曇ッテキタ。」

リズムがあり、本当は行をかえて書いているのですでに詩になっている。

当時の満州のタバコ大秋（左）と REVIVAL の箱

兄のハガキで三月十〇日としているのは間違いなく十九日である。浩三さんと博兄は朝起きぬけに積もった雪を見た。輝く朝陽で雪がどんどん溶けるのを見た。筑波の空の下で二人が同じ空気を呼吸していたのだ。二人が会ったわけでもないのに私は一人悦に入ってる。

その上「筑波日記」には気になる記述がもう一カ所。それは「四月九日、満州カラ来タ兵隊ニモラッテ吸ッタタバコ。きょっこう。ＲＥＶＩＶＡＬ。大秋。」とあるので兄の満州時代のアルバムを繰ってみた。隊での人物写真や押花の後にたばこの箱が一九枚貼ってあって、きょっこうは無いけれどあとの二つはちゃんとあるではないか。「満州カラ来タ兵隊」は兄以外にも居たのだろうか？「ああ神さま、これがどうかわが兄でありますように」と私は思うのだけれど、その後につづくのは、「タソガレテ、ウスグラクナッタ。唱歌室デ、オルガンヲナラシテイタラ、三島少尉ニ見ツカッタ。」で終っている。兄の気配はどこにもない。

その頃浩三さんは近くの吉沼小学校でオルガンをならしたり、子どもを集めて「空の神兵」などを弾きながら皆で唄ったりしていたのだった。束の間の自由は淡い夢のようだ。

竹内浩三の「筑波日記2」はみどりの季節として（四四年）四月二十九日から、今度は平仮名で書いているが、七月二十七日で中断したままである。五月二十四日のは友人の中井利亮に出した便りを日記に書き移していて、そこだけは片かなである。「キノウ土浦ノ駅ヲトオッタ　ココニオマエガ居ルトオモッタ　ココカラモ筑波ガ見エルトワカッタ　オマエモ筑波ヲ見テイルトオモッタ　オレモオマエモ同ジ山ヲ見ルコトガデキルトワカッタ」

なつかしい友に胸震わせる浩三さん！

またもや不思議なご縁が

七六年二月に提訴した箕面忠魂碑訴訟が八二年三月に勝訴した後は全国的に拡がって支援者がドッとふえた。影響の大きさにあわてた自民党は、「判決は自民党の精神文化と伝統に対する挑戦である」と箕面市長に控訴をうながし、全面支援するとの異例の「反論見解」を発表したのだった。弁護人なしの本人訴訟でやってきた原告側は、体勢を立て直す為に熊野勝之先生を弁護団団長とする六名の弁護団を組み、控訴に備えた（但し、前述のように一審の途中からは当時箕面在住の加島宏弁護士が献身的に援助を惜しまれなかった）。後に弁護団は一〇名となった。

シベリア抑留兵士だった本多立太郎さんは支援というよりも共闘者と呼ぶべき「よき出会い」の一人であった。

当の本多さんが、裁判の傍聴にボランティア仲間の竹島恭子さんと彼女の友人を伴って来られたのは八五年の控訴審の時だったと思う。ところがその三年前の四月、私たちが画期的な一審勝訴に湧きあがっていた頃、竹島さん一家は高校生の息子・徹君が山で遭難死するという悲痛のどん底にいたのであった。山岳部の徹君が、三年の新学期を前に八ヶ岳春山合宿訓練として、顧問教諭と、山岳部五人、OB四人の一行十一人で大阪を出発して四日目の惨事であった。

竹島さんは、八八年に発足した子を亡くした親たちの集い「ちいさな風の会」に入会。その会で出会ったのが竹内浩三の姉の松島こうであった。こうさんは次女の美知代さんを四十八歳の若さで喪い、深い悲しみの中から遍路の旅に出たり「ちいさな風の会」に入ったりと傷心を癒やす日々であった。

この会誌『あー風』8号から竹島さんの文の抜すいと松島さんの文を掲げる。

「不思議なご縁」竹島恭子

（前略）『筑波日記』を残し、二三才で比島で戦死した詩人が松島様の弟様だったと知ったときの驚きは忘れません。私が竹内浩三を知りましたのは今から八年程前になりましょうか。大阪高裁で箕面忠魂碑訴訟の原告の女性が読み上げた『骨のうたう』という次の詩によってでした。

（詩の全編が書かれている）

法廷は水を打ったように静まり、満席の傍聴人の胸に一言一言が染み入って感動が広がっていった情景が未だに鮮やかです。

この訴訟は、戦死した二人の叔父への想いと、私自身東京で戦火に逃げ惑ったという鮮烈な幼児体験から傍聴するようになりました。（中略）夢を託した祖父母の嘆きがどれ程のものであったか、我が子を亡くしてより一層分かったような気がします。（中略）

法廷での詩の朗読を聴いていなければ、私には松島様と竹内浩三を結び付けることはできなかったでしょうから、しみじみと奇しきご縁を噛みしめております。（以下略）

竹島さんがこうさんに私の名を言ったら、「ああ、その人ならよく存じています」と。私たち三人の仲は浩三さんがとりもったということになる。次のは松島こうさんの「比島追想　バギオの黒い土」と題する全文である。

昭和五十一年七月二十九日、比島バギオの街は折からの夕雨にぬれておりました。赤松林のつづく丘陵に立ち、私は思い切り叫びました。「浩三、姉さんが来たよ、コーゾー…」そこには〝こだま〟すら還ってきません。松林を吹き過ぎる荒い風音のみが私を包んでおりました。雨に濡れた黒い土を掌に掬い、額に押し当てました。幾万幾十万の兵士の血を吸っているであろうこの黒い土。父母の妻子の、兄弟の、恋人の名を呼ぶ瞬間すら許されず銃火に飛び散った若い命。「ああ／戦死やあわれ／兵隊の死ぬるや／あわれ／遠い他国で／ひょんと死ぬるや」

世界に再びこんな日が来てはならない。浩三よ、浩三よ、弟よ、バギオの丘の黒い土に額をすりつけて私は弟の名を呼びつづけておりました。バギオは夏の冷たい雨でした。

「戦争は悪の豪華版」と竹内浩三は、きりりと戦争を見据えていたのだった。

十八年ぶりに竹内浩三を訪ねた旅

竹島さんは松島こうさんとの奇遇以来、浩三さんの誕生日の五月十二日頃、友人、知人を誘って朝熊山に詩碑を訪ねるのを恒例とし、なおまた一方では忠魂碑訴訟の支援、学校での災害事故には自身の経験をふまえて東奔西走の援助を惜しまず、その誠意と行動力には舌を巻く。よく体がつづくと思うくらい。

私にも何度か訪碑の誘いがあったけれど、忠魂碑訴訟に没頭する間はその気になれずに断わってばかりだった。

箕面の訴訟が九九年十月に敗訴で終了。四半世紀に及ぶたたかいは得ることが多くて、ほっとしたという気持であった。竹島さんはそれを見抜いたように、翌年五月、最高のプランをたてて今度こそご一緒に、と私を誘うのだった。一行五人の中には竹島さんの大学時代からの親友伊東紀美代さんが、はるばる水俣からの参加であった。東京の山の手育ちの彼女は、竹島さんと並ぶ私の「よき出会い」の人なので、ここで少し触れておきたい。忠魂碑訴訟の支援者だったし「安倍靖国参拝訴訟」では原告でもあった。

朝日新聞八七年三月二十五日の「ひと」欄で少女のように微笑む写真の彼女は、「水俣からベトナムに検診車を送る会」の代表とある。「水俣もベトナムも化学の毒物の犠牲者同志、三百万円を集めてベトちゃん、ドクちゃんのツーズー病院に検診車を届けよう」という。

東京の女子校時代にテレビで見た水俣病が心に残り、大学卒業後、『苦海浄土――わが水俣病』（講談社）に感動、著者の石牟礼道子さんの家に住み込んで、病苦と迫害の中で裁判にふみ切った患者たちの手足となった。

支援者の一人と結婚、一児の母。ヤギ、ニワトリ、犬、猫に囲まれ、低農薬甘夏みかんづくりに精を出す。実際、華奢な体つきながら陽に焼けて手も節くれだってその働きぶりが偲ばれる。毎月八日、「戦争への道を許さない女たちの会」に参加。「ベトナムに検診車を送るのも反戦の意思表示。日本の経済成長が水俣病を引き起こし、ベトナム戦争にも加担した。アジアと日本の関係を考えるきっかけにしたい」と言う。

本居宣長記念館にて竹内浩三の遺品を見る
左から竹島さん、松島さん、筆者、伊東さん

いみじくも竹内浩三が戦後の日本を見透したように「がらがらどんどんと事務と常識が流れ／故国は発展にいそがしかった／女は化粧にいそがしかった」と謳っていたのだった。因みにこの「ひと」欄は松井やより編集委員の取材である。九九年末、東京での「女性国際戦犯法廷」を発議、開催して大成功をおさめた故松井やよりさんである。

さて話を戻して五月十七日は、竹内浩三を知らずに亡くなった、わが母の生誕百十三歳の日で、私はこの旅を母も共にという感慨があった。一日目、松阪駅にお出迎えの松島さんは初対面から一八年の歳月を感じさせない美しさで、手をとり合って懐かしんだ。

九七年の秋に本居宣長記念館に預けられた竹内浩三の遺品を見せてもらう。「筑波日記」の実物を手に取り、裏扉に「赤子　全部ヲオ返シスル　玉砕　白紙　真水　春ノ水」と書いた浩三さんの自由への渇望を改めてわが胸に刻んだのであった。その日五人は鳥羽で一泊。

二日目は松島さんと一緒に朝熊山上の詩碑を訪ねて忘れ難い旅を了えた。

竹内浩三に「共感」した若者は

彼の名は稲泉連《れん》、ノンフィクション作家。七九年東京生まれ。竹内浩三の取材を始めたのは早大を卒業したばかりの二十三歳であった。

取材は二年半に及び、〇四年七月に出版された著書『ぼくもいくさに征くのだけれど——竹内浩三の詩と死』（中央公論新社）は、〇五年第三六回大宅壮一ノンフィクション賞を受賞、弱冠二十五歳であった。彼の母久田恵さんも『フィリッピーナを愛した男たち』で第二一回の同賞を受賞している。

彼は竹内浩三全作品集『日本が見えない』（藤原書店、二〇〇一年）の書評を見て直ぐにそれを買った。七〇〇ページ余り、八八〇〇円の分厚い本である。「戦争の時代に、どうして日本が見えないなんて書いたのか、どういう意味なんだろう。全作品とあるから竹内浩三のすべてを知ることができるだろう」というのがその本を手にした動機だった。

竹内浩三が戦争を厭い臆する心と、人並みの兵士になれますようにと願かけまでする心を、「反戦を高らかに訴えるわけでもなく誰にでもわかる普通の言葉遣いで、軍国主義一色に染まるあの時代に揺れる自分の気持を素直に表現しているなぁ」と稲泉連は思うのだった。

連ちゃん（そう呼びたくなる童顔の人なつっこい青年である）は幼い頃から不登校体質だったと母はいうが、神奈川県内の公立高校を一年で中退して、大学入学資格検定を経て大学を卒業した。自分の体験からも竹内に「共感」するのだが、「あの時代」を知らずに「共感する」なんて軽々しく言っていいのかという思いがあって、存命する竹内浩三のゆかりの人々を本格的に取材したり、戦記などの文献を五〇冊以上も読んだが、それで戦争がわかったわけではない。そこで、竹内が〝ひょんと消えた〟ルソン島バギオまで出かけた行動派である。

何人かの人たちに取材することで、彼ら彼女らの胸中にいる「竹内浩三」と出会うことができるのではないだろうか。その人たちは「若い人が竹内浩三のことに興味をもってくれるということはとても大事なことですよ」と同じようなことを言う。確かに、近いうちに戦争の生の記憶を持つ世代はいなくなる。

竹内浩三が生きた世界と、いま僕自身が生きている世界とを、彼や彼の作品の伝え手たちを媒介にして繋いでみることはできないだろうか。そこに繋がれる物語はとても個人的で、触れれば切れてしまうようなものかもしれない。それでも、戦争を知らず戦死のなんたるかを知らない僕は、その糸に一度だけでも触れておきたかった。できることなら、この手に竹内浩三の生きた時代から伝わってくる震えを、少しでも感じ取ってみたかった。

著書『ぼくもいくさに征くのだけれど』の「序」でこのように述べて、竹内浩三の世界と今を繋ぐ媒介者を試みる彼の物語りはその意図を存分に果たしている。二十三歳の若者が本書を書いたことの意義は極めて大きいと思う。

稲泉さんが取材のために私宅へ来られたのは〇四年八月六日であった。私の日記には「一時箕面駅着、五時まで面談。童顔、久田恵さんの息子」とだけで取材の記述は無く、その後は「秋葉忠利広島市長の平和宣言、米を批判、立派な宣言」とのみ記す。

その日の番外編、忘れ得ぬはなしを一つ。

ある日の集会でのこと。私は、中国からの留学生に桑島玄二『純白の花負いて』を貸す約束をした。それを彼女に送るとき、「この本は松下竜一のサインもあるし私の大切なものだから必ず返してください」と返信用封筒と切手を添えて送ったのに、待てどくらせどそれは返ってこなかった。ということを連ちゃんに話したところ五日後彼から「この一年半、竹内浩三さんの作品を読み、ゆかりの方々とお話する度に、彼に対する理解が深まっていくように思います。桑島玄二さんの著作を早稲田の古書店で見つけましたのでお送り致します。」と、『純白の花負いて』が送られてきたのだった。とても嬉しかった。でも本を貸すときは返らない覚悟でと肝に銘じたことでもあった。

語り継がれる竹内浩三

浩三から「僕が書いたものは全部取っといておくれ」と頼まれた姉は、紙きれ一枚までも大切に保存した。伊勢は度々の空襲で竹内の生家も店も焼けたが、姉こうは婚家の松阪へ浩三の作品のすべてを移していた。幸い松阪は戦災を免れたので、私たちは、「僕は〝芸術〟の子」と自負する稀有な天才的人物にその作品を介して出会えたのである。

すでに浩三の友人の手で五六年に二百部限定で私家版『愚の旗』は出されていたが、初めて作品が世に出たのは「骨のうたう」が巻頭に掲載された『ふるさとの風や』が六三年、三一書房から発売されたことによる。

それからの広がりは、竹内浩三に魅せられた各人がそれぞれ自分の得意とする分野で書き、語り、歌い、番組やイベントなどで発表してきたからであった。朝熊山に「戦死ヤアハレ」の詩碑が建立されたのは戦後三五年目であった。みんなの呼びかけで伊勢市の図書館前に建てようという話を松島こうは断固断ったという。こうさんの胸の内を地域誌『伊勢人』から引用する。「国に対する憤りといおうか恨みといおうか、たった一人の肉親を赤紙一枚で引き出しておいて、死にました、と公報をよこし、償いは慰霊金二〇万円のみ。なんと軽いあしらわれようか。詩碑はこの二〇万円で建てさせてもらいます。これが弟の命の代償ですと。」

私たちがいとおしみ、親しんで訪れる碑は高さ七〇センチ巾一メートルの愛らしい佇まいである。伊勢市では、市民グループ「赤門三つ星会」が毎年、浩三さんの誕生日の五月十二日前後に行事を催していて、私は竹島さんに誘われて何度も参加させてもらったが、会場の赤門寺正寿院は常に溢れるほどの盛況である。

ことに近年は中学生らが詩や散文を朗読したり唱ったり、確実に若い人たちに受け継がれているのを見るのはうれしい。

竹内浩三を語るとき「〝反戦詩人〟という捉え方でなく、天真爛漫に生きることを楽しんでいた魅力ある青年として覚えるべきだ」と言われる。それはその通りなのだけれど、それなら例えば金子みすずの詩と同じように鑑賞できるか、と私は思う。置かれている立場が違う。「兵士、戦争」が人間としての生き方を全部奪ってしまった時代であった。今は「天皇の赤子」は死語になったようだけれど。竹内浩三は「筑波日記」の裏表紙に、「赤子　全部ヲオ返シスル　玉砕　白紙　真水春ノ水」と書き付けて、その手帳を、姉に頼んで送ってもらった宮沢賢治の本をくり抜いてその中に隠して姉に送り返したのだった。竹内研究者の小林察は、少年時代を「赤子」として育っているので、浩三のこの言葉に胸を打ちつけられるような衝撃を受けたという。「この言葉の裏には、浩三の深い怨念が込められていると思えてならない」と言う。私もそう思う。「反戦詩人」の枠にいれたくないと言っても、浩三は軍隊生活はどうにも我慢できないのだった、居場所が無いのだった。

竹内浩三が詠ったように、戦後の故国は発展にいそがしくて、「平和ぼけ」と言われる時代を謳歌したのも夢のようで、格差現象は深まり、気がつけば「安保関連法」のもとで自衛隊は激戦地の南スーダンへ「駆けつけ警護」とやら、政治の舞台は戦前へと暗転しているのだった。

「新たな戦死」が現実のものとなり、「陸自弔慰金増額（六千万円から九千万円に）」が新聞一面に平然と書かれる時代になっている（二〇一六年十二月三日付）。

追記

本章中、「赤子／全部ヲオ返シスル…」という文章を繰返し取り上げました。それほど私にとって「赤子」云々は衝撃的なことなのです。浩三さんはこの言葉を胸のうちから絞り出されたのだろうと思うのです。人間への大いなる遺産として握りしめたいと思います。

第十章　忠恕のひと、井上とし枝さんのこと

連載「よき人々との出会い」の最終回は、迷うことなく井上とし枝さんと決めていた。手ごわい人である。

その人との不意の出会いは一九九七年五月十六日、とし枝さん八十二歳、私七十歳の時で、それから四年半後の二〇〇一年十一月二十六日、彼女が八十六歳で亡くなるまでの短いけれど濃い交わりであった。

出会いは、「異議あり！〝思いやり予算〟」提訴の日のことで、十一時、大阪地裁ロビーには原告と支援者がつめかけて十一時半の提訴を待っていた（原告二九六人）。

訴訟の言い出しっぺの徐翠珍さん、宝塚の広田陽子さん、沖縄の桑江テル子さん、原告代表は一応松井義子さん（故人）で、女性たちは意気軒昂であった。私と神坂玲子さんは忠魂碑訴訟がまだ続いているので、原告ではなく支援者として参加していた。

「反対思い遣り予算」の横断幕を持つ井上さん（右）
（1999年3月29日）

人群れの中から、「神坂さーん」と呼ぶ声に彼女が応えていると、別の群れからひとりの女性が人混みをかきわけて近づき、「ああ、あなたが神坂さん、田中伸尚さんの『反忠』を読みましたよ」と、井上と名のり、うれしそうに、親しげに話されるので、傍に立つ私もつい愛想よく「『反忠』に書かれている古川でございます」と挨拶したのだった。

そのあと提訴の報告が狭い会議室で行なわれたが、その日、箕面市では地区の戦没者追悼式が二時に始まるので神坂さんはそちらへ回り、井上さんと私は座席も偶然隣同士になって、待ち時間に話が弾んだ。よほど話し好きな人だなと思った。わずかな時間なのにたちまち打ち解け合うなんて。ノンフィクション作家の田中伸尚さんに全幅の信頼をよせる井上さんは、『反忠』に登場する私たちに親しみを持たれるのは不思議ではないにしても、私はつい先程まではお名前さえも知らなかったというのに……。

井上さんは京都大山崎町にお住まいで、岩波書店社長（＝当時。在職一九九〇～九七年）で雑誌『世界』の編集長も務めた、安江良介さんと昵懇であること、その安江さんが倒れて昏睡状態が一年余りも続いていて心配でたまらないこと、田中伸尚さんとは随分昔からの知己で、自分は長く短歌に親しんでいることなどを、京都人らしくまったりと話されるのだった。歌集を送りますというお約束で、私は持ち合わせの伊籐ルイさんの追悼集『しのぶぐさ』を差しあげた。
田中伸尚さんのお陰で、只者でない井上とし枝さんに出会えた記憶に残る日であった。

贈られた歌集に圧倒される

間もなく歌集『山の上にある町』（石川書房）が届いた。「謹呈」とある歌集には私への献詞「〈井上さんとわれに歩み来て手を握る生きて還りし勝の手力〉とし枝　古川佳子様　恵存」と、毛筆によるいかにも書き慣れた文字が優美である。その歌は、韓国に留学中、「北のスパイ」として突然逮捕され、一九年間獄に在った徐勝さんの解放をよろこぶ数多の歌の中の一首である。忠魂碑訴訟を長年闘う私、そして初対面の印象の中から感じとられた私を、この歌の背後の政治状況を思い描くことができる者として、選ばれた献詞だと思った。

旬日して、井上さんから再版ができましたからと、第一歌集『今逅うときを』（石川書房）が送られてきた。この書の献詞もまた美しい筆文字で、「〈書きたきを書くべきを書く芝河、高銀一人は万人の嘆き負いつつ〉とし枝」、七三年から八四年まで一一年間の作品から、三百四十二首を抄《ぬ》いて上梓しましたとある。

これに「跋」文を書かれた武内義範氏によると、京大で親鸞の講義をしていた自分のところへ若い女性が訪ねてきて聴講をさせてほしいと申し込まれたのが、結婚前、二十五歳ごろの井上さんだった。彼女は史学の国史研究室につとめていて古文書が読めた。聴講生として出合って以来井上さんとの相互信頼は四〇年に及ぶ。その後結婚されたお二人に長男の障碍という試練が待ちうけていたが、彼女の明るさと優しさは失われない。この歌集は苦難を経て咲いたこころの花だと確信できる、と賛辞をのべられている。

井上さんは七十歳で朝鮮語を学ばれた。歌には夥しい数の韓国・朝鮮のすぐれた知識人の名前が詠まれている。習得した言語がその人たちとの親睦を拡げたのだった。

第一歌集で井上さんの出身は和歌山で、学究心の強いのは父親ゆずりなのだと知った。

幸徳事件に連座せる医者大石と交わりし父のことは知らずき
その深き思いは知らずまな尻の笑皺やさしき父なりしかな
父の隷書際やかなれば幼ながら人には言わずわが尊みき

弟さんがサイパン海戦で二十八歳で戦死されたこともこの歌集で知った。「バカな戦争を始めたよ」と言った弟さんであったと。

南溟の底より汝の声きこゆ怒りはきこゆたたかいあるな

先に届いた『山の上にある町』には、安江良介氏の序文が何と一三ページ、井上さんのあとがきは一八ページもあって、その長さと重厚な内容に私は圧倒された。安江さんは序文の冒頭で井上さんとの出会いを「私の人生にとって大いなる出逅いであった」と特筆している。

そして戦後の私たちの生き方がみずから積み重ねてきた思想的怠惰によって、アジアの隣人たちからは不信の対象となり孤立を深めている。井上さんの生は、そうした国民精神の暗い穴を埋めようとする営みであると思うと述べて、終わりに井上さんを「忠恕《ちゅうじょ》」の人と書く。

「忠恕」とは論語にある言葉で、人としての最も根本の徳とされ、忠とは自己の良心に忠実なこと、恕とは他人の身の上を自己の身の上のことのように親身になって思うこと、という意味である。施設に入所している自閉症の息子信さんを、〈おりふしは身より余りて噴き出ずる哀しみがいま我を支うる〉と、みずからを詠う母でもある。重い荷を負いながら、隣国の受難者たちにわが心を重ねる。まさに忠恕の人であり、尊敬せざるを得ないと結ばれている。

井上さんの「あとがき」まで三二六ページを読み了えたらどっと疲れが出て立ち上れなかった。ずっと後年、二〇一三年九月三日に、「井上とし枝さんのこと」と決めている手帳に私は次のように記している。

「『山の上にある町』を再読し終えて、発行が九二年六月十日であることを知って思ったのは、この時期は私の夫二郎が闘病中であった。もっと早く私が井上さんと出会ってこの歌集を入手していたら、彼がきっとむさぼるようにして読んだであろうと、そんなことを考えて感無量である。二郎もラジオで朝鮮語を学んでいた。安江良介さんを尊敬し『世界』をずっと読んでいたのだった。」

私の夫は九二年春、肝がんが見付かり、九三年七月死去。書を愛し、天皇制を憎んだ。

松代大本営・高槻地下倉庫予見なき聖戦に狩られし恨限りなし
罪業深重われらの国の墓碑銘を今刻め「天地人に愧ず」とぞ
如何ようにも償い切れぬ罪障を長くわれらの遺産となして
〈世界〉育ちと私《ひそか》におのれゆるしつつ四十余年をありつぎしかな

（『山の上にある町』より）

お便りは柿渋染めの巻き紙で

井上さんは本のサインとか改まった通信には毛筆を使われることが多いらしい。初めて私に贈られた歌集『山の上にある町』のお礼状への井上さんからの書状は、柿渋染めの巻紙に〝墨痕鮮やかな〟長さ一三〇センチの粋なものであった。明治生まれの私の両親は昔はよく巻紙を使っていたけれど、近ごろは久しく見ることがなかったので、懐かしいなと思った。古文書がよめる井上さんの自己表現のひとつだと思った。いかなる文面なのか、かいつまんで記しておこう。

田中伸尚さんの『反忠――神坂哲の72万字』の古川佳子像が、実像として立ち上ってきました。

大変な方とお近いしたという喜びを禁じ得ません。第一歌集『今近うときを』を増刷したので、私の歩いてきた道を知って頂くほどのものに過ぎませぬがお目通し下さいますれば望外の幸せです。

尚、以前所属していた「塔」が高安国世先生の急逝で変節したので、九人で新結社「五〇番地」を発足。それに出すために安江さんへの思いを詠んだものを御笑覧ください。

一人の誠実

フロントを斜交様《まなかいざま》に笑まいつつ君は歩み来はじめての我に
国が責負わざれば一人の誠実が支え来て〈朝鮮〉の君の歳月
四半世紀を〈半島〉に関わりて身を刻む人ありわが前の君安江良介氏
五十数通の手紙の後の会《あい》にしておとこおみなの埒あらずけり
繁忙の時割《さ》きて今日を賜いたる一日は煌《きら》めきて須臾《すゆ》の間たり

井上さんがこれを詠まれた頃（九七年五月）、安江氏は前年（九六年）七月、講演予定先の学習院大学で、クモ膜下出血で倒れたまま昏睡が続いているときであった。意識が戻らないまま、九八年一月六日逝去。まだ六十二歳であった。

井上さんの手元に遺された安江さんからの通信は二三二通もあり、双方とも巻紙、毛筆を好んだと井上さんの話であった。

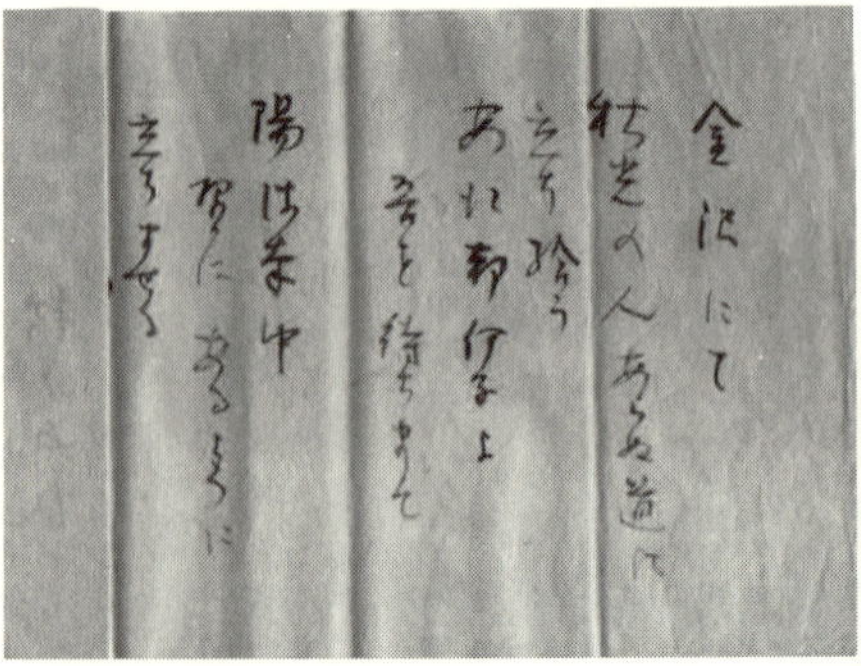

柿渋染の巻物の手紙「金沢にて」

帽子と赤い靴の井上さん
箕面忠魂碑前にて

柿渋の巻紙でのお手紙はもう一通頂いている。それは九七年十一月十二日にわが家に井上さんを招いたときのお礼状である。私たちが出会って半年目、待望の訪問であったらしく、さまざまな感動をうけて「心躍り、心安らぎ、満たされ、胃の腑も満たされ、永く記憶にとどまるよき日であった」と記される。昭和の始めの和風建築、父祖らの残した書や彫りもの、庭のたたずまいなど素朴な風情を井上さんは好まれたのであろうか。箕面駅で出迎え、見送るまでの七時間、その間、西小学校正門前の忠魂碑へ案内、神坂宅にも寄って挨拶された。お手紙に「かの忠魂碑をしりえに写真を撮っていただきながら無性におかしさがこみあげてきたことを改めて思い出しながらこれを書きはじめました」とある。

天皇のために死んだ兵士をほめ称える軍国主義の象徴であった忠魂碑が、平和憲法の時代に何くわぬ顔で、小学校の前に建ちつづけていることのおかしさ！そのおかしさに気付かないこの国の国民性。井上さんの「込み上げてきたおかしさ」は多分こういうことではなかっただろうか。なかでも特に訪問の甲斐があったと喜ばれたのは、「叔父様のお手に成る泣きベソのお兄様の木彫像、何よりも御夫君二郎様のおだやかな温顔を拝することが出来ました」などと身に余るほめ言葉が並ぶ。井上さんは帰宅して直ぐ十一月中に提出の歌稿に苦心。金沢に良介氏の母上を弔問した時の歌七首を同封しますと、これも上質の渋紙にそれこそ額に入れたいくらいの美事な筆蹟の巻紙が添えられていた。良介氏の昏睡が続く中で父上安江孝明氏が九十九歳で亡くなられたのであった。金箔師で、安江金箔工芸館がある。

七首の中から二首を

金沢にて

秋光の人あらぬ道に立ち給う安江都伊子よ吾を待ちまして

三更に至る夜語り八十余年の万状のすぎこし凛々として

先の手紙をもう少し続けることにする。

「今日、異議あり！〝思いやり予算〟の資料が届きました　息長く腰を据えて闘わせて呉れるかどうか『一粒《シアレ》の力《ヒム》』私の大好きな朝鮮語です　頼りない一粒ですけれど鞭うって下さい（中略）お体を大切になさって下さいまっし　この『まっし』は金沢の訛です　とても優しく可愛らしいひび

きでした　お序での節神坂様によろしくお伝え下さいまっし　再拝」

異議あり！〝思いやり予算〟訴訟のあらまし

思い遣り予算は、一九七八年、米軍基地の従業員の労務費などを日本が肩代わりすることから始まった。当時の、金丸信防衛庁長官の「思いやりをもって対処すべき問題」との発言にちなむ。その後、光熱費や住宅などの無償提供に、改修などの施設整備費も加わった。

私の簡単な日録によると、第一回目の口頭弁論は九七年十月八日、広田陽子、信太正道、沖縄の桑江テル子さんの三人の意見陳述が堂々と行なわれた。大法廷は溢れた。久し振りの井上さんと梅田まで歩きながら話す。

二回目は九八年一月十九日、意見陳述は金城実、湯布院ふくろうの会の平野美和子さんの二人。この月の一月六日、安江良介氏は昏睡から覚めぬまま亡くなられたので、井上さんは深い悲しみの中であったが傍聴に来られた。喫茶店で話す。

九八年四月二十日、大法廷満席。井上さんと話す。帰途、三国で下車「ルイさんの桐」を見に寄った。花房がゆらゆらと揺れ芳香が漂っていた。

十月五日、腰痛ひどくて休む。

十二月十四日、丹羽雅雄弁護士の弁論のあと結審。裁判官は判決日宣言のあと傍聴者の怒声の中で消えた。あとの集会で裁判長忌避と。井上さん出席。

十二月十五日暁方、原告代表松井義子さん急逝。七十歳。クリスチャンで正義感の強い人だった。九九年三月二十九日、一審判決三時、棄却。井上さんと一緒にそれぞれが黄色い布に抗議文を大書してつなぎ、裁判所を囲んでゆっくり歩いて抗議行動。布が寒風に煽られる。廷吏が敷地内へ入るなと阻止する。中之島野外音楽堂で加島弁護士の話。国の予算に国民は口出しできぬということらしい（私が「司法に異議あり」と大書した黄色い布は今も壁にかけてある）。

十月十三日、控訴審。ルイ（孫）シドニーへ出発で休む。

二〇〇〇年一月二十五日、口頭弁論四人。加島先生の憲法第九条の成立史がよかった。外国の法廷劇のよう。あと、プロボノで「日独裁判官物語」のビデオを観た。井上さんほか、京都のお連れたちと中食、梅田で別れた。井上さんは前年十一月、息子信さんが急死されて傷心の日々であった。裁判の二日後、井上さんは心臓不調で入院された。

三月七日、高裁七二号法廷満席。井上さんの伝言徐さんへ。加島先生の弁論がとてもよかった。

五月四日、証人尋問、北野弘久、前田哲男さん。井上さんとお連れに「お先に」と、神坂さんと帰る。毎日猛烈にいそがしくてゆっくりできない。

七月二十八日、控訴審判決、棄却。井上さんと梅田で別れ、映画「クリクリのいた夏」を観た。心が安まった。

「かりんの花を見にいらっしゃい」

いくら出無精の私でも「かりんの花を……」の誘い言葉にうきうきして、何はさておいてもと、はじめての井上とし枝さん宅への訪問であった。

九八年四月十五日十二時、阪急長岡天神駅に迎えに来られた。バス十分、歩いて五分。公団住宅らしい入口にかりんの木、白に薄紅をさした可憐な花がみどりの葉の中にちらほらと見える。手料理の美味しいおひるをよばれた。この日は安江さんの百か日だそうで、安江さんの母校金沢の小学校での「課外授業」のビデオ（九四年）を見せてもらった。隣の部屋には本がびっしりで、積まれた段ボールの中身は安江さんからの通信が「二三二通もあるのよ」と。巻紙に筆書きの往復書簡の話、安江さんから贈られた青粒唐草碗を見せてもらったり、積もる話は尽きない。団地の庭にもかりんの木が何本もあって残りの花がちらほら見える。実が生ったら送りますと約束された。その夜六時半から大阪での会合のため別れを惜しみながら辞去。

この日井上さんは、よい聴き手を得たとばかりに安江良介氏への全幅の尊敬と信頼を私に縷々述べられたのであった。追憶は短歌となって、井上さんの第三歌集『鎮魂』（〇一年二月発行）に数多く収められているが、ここでは五首を掲げる。

恩寵とこの哀しみをわれに賜い逝きませり一月六日八時十二分

これの世に君のいまして弾みきよ今よりは色褪せし世を生きん暫し
われに過ぐる青粒唐草碗手馴れつつ賜びたる君は今はもういない
キーワードは「出遭い」と言いし奇しき出逅い君とわれのもの今は喜べ《リジョイス》
『同時代を見る眼』一冊座右にあり往きませる君の還相回向《げんそうえこう》

「還相回向」とは「浄土に往生して後、この世界に戻って一切衆生を教化し共に往生すること。浄土真宗では、その能力も弥陀の力によるものとする」（広辞苑）、とある。

12歳の信さんととし枝さん

愛息信さんを喪う

井上さんの第一歌集『今逅うときを』に息子信さんを詠んだものが頻出し、「あとがき」からも信さんの成育状態と親の苦悩が窺える。そのあらましを述べる。

「彼は二歳頃までは健康で語彙は豊富。クラシック音楽を好みラジオの名演奏家の時間をメイエンカと待ちかねた。だが三歳頃から多動的、情緒不安定になり、幼稚園は破門、所謂、自閉症と診断されたのは六歳の頃、治療のために大学や研究所を右往左往。入学はしたが身体の発育に伴わない精神のおくれ。わたくしにとってそれは、幾つもの人生を一度に生きる程の峻烈な試練だった。絶対者は、時に手荒な方法で、わたくし達を試みるというのだろうか。」

その後の信さんの状況は折々に謳われているが、四首を掲げる。

うすみどり栗の花敷く道を踏む汝を鎖せし母をゆるせな

汝の一生を添いてやりたし確実に汝に先立たん母なればかく

鳥たちのひたすら叫ぶ雨の森をしとどに濡れて子に会いにゆく

弾かれて何時も埒外この国に足置く余地もなしよわが子よ

九一年春、成人福祉施設に入所した信さんは時折り帰省して父母との明るい穏やかな時を過していたが、その信さんに突発的事故が起きた。

九九年十一月十八日、井上さんから久しぶりの電話であったが、「信が十三日にパンを喉につまらせ、呼吸困難になり酸素マスクをつけているが植物人間になった。私は覚悟はできている。佛事は一切しません」と話された。翌十九日、信さん永眠。四十四歳であった。信さんへの挽歌四七首が送られてきたのは年の暮れであった。補聴器を二〇万円で買いましたとあって、安江さんに続く信さん喪失の傷心を整理して前に進もうとする井上さんを私は逞しいとも痛ましいとも思うのだった。

挽歌「ついの汝が声」から四首のみ記す。

汝を置きて逝く日あるかと嘆きたるかの日にかくも近き破局は
「パンのみにて生くるにあらず」命奪う凶器となりし一片のパン
手に拾うまだ温かい信の白き白き頭蓋は誰も手触るな
限りなきものに涙あり夜半ひとり目醒めいる時ここだ激しく

逅うという奇縁の不思議さ

井上さんの第一歌集『今逅うときを』は、八五年二月二十二日、自分の誕生日に発行されている。そう言えば第三歌集『鎮魂』も同じく誕生日の発行である。井上さんは自意識が強い。磨かれた知性と、美しい感性から生れる一首一首を自分の分身として世に出されるのではないだろうか。

井上さんは「『今逅うときを』の集名は、図らずもその後の私の世界を展くものとなった。その刊行を縁として、私は実に多くの、そして実に優れた人々に逅うことが出来た」という。その最たる人物が安江氏で、井上さんから贈られた歌集に〈溢るる思いに金大中に集まれる人ら羨《とも》しとわが思うまで〉と書かれた献詞に感応した安江氏から始まった文通は夥しい。お互いに「大いなる出逅い」なのであった。

安江氏が関わる朝鮮と日本の問題の中で得た多くの知己に、朝鮮語を習得した井上さんも加わり、自ずと交友を拡げるものとなった。
井上さんは自分にとって短歌とは何？と考える。その答えはやはり短歌に求めざるを得ない。この国のあるべき姿を希うとき、作品は朝鮮問題、人権問題とこの国の恥ずべき部分の追求に傾斜してしまう。主情的な叫びであるから詩情の乏しい作品になっていることを自認する。

「一時期の不幸」のみかはわが生の裏すっぽりと朝鮮の悲史
一点の恥なきことをと東柱《ドンジュ》歌いき空仰ぎ帰り来し林秀卿《イムスギョン》また
心あてに訪わん鶴橋ソウル書林黄哲映《ファンソギョン》・金芝河《ジハ》の本に会いたく

朝鮮の人々と心を通わせる歌が溢れ出る。帽子が大好きでお洒落な井上さんは、赤い靴をはいてわが家にやってこられた。私の母に逅いたかったと言われるので松下竜一『憶ひ続けむ』を差し出した。一日で読みましたと送り返された本には「あなたの人間形成の過程を仄かに識ることが出来ました。オオマツヨイグサはお母様の化身でもありましょう。様々な思いを呼び寄せてくれるうれしい哀しい花ですね。不思議な御縁『偶然と必然』とは安江さんもよくお書きになった言葉ですが、本当は逅うべき人を絶対者は択んで逅わせてくださるのかと思うことが屢々あります。」と文が添えられていた。

第三歌集『鎮魂』

献辞を「この歌集を、今世紀のすべての難死者と、畏友、故・安江良介氏　そして夭折したわが子　信に捧ぐ」として井上さんは三冊目の歌集を八十六歳の誕生日に出版された。それから九カ月後に永眠されたことを思えば、どれ程の精神力であったことか。体調はよくなかったのに。

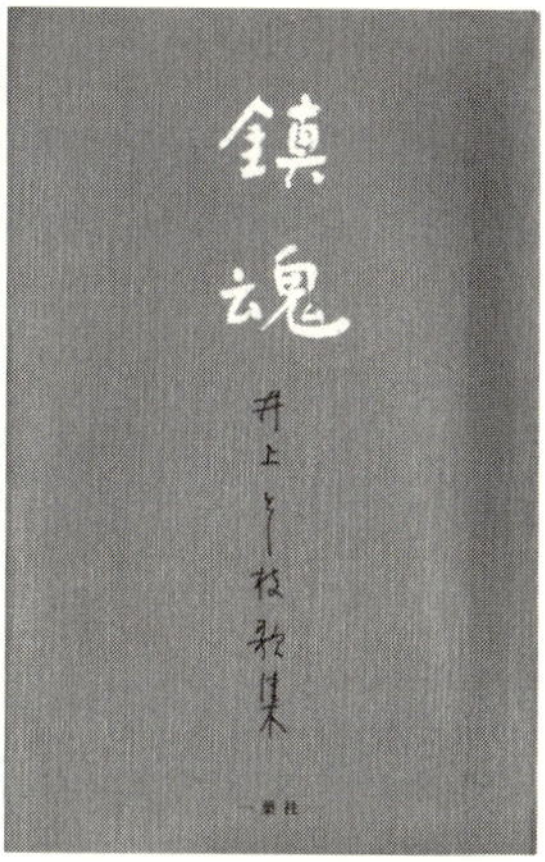

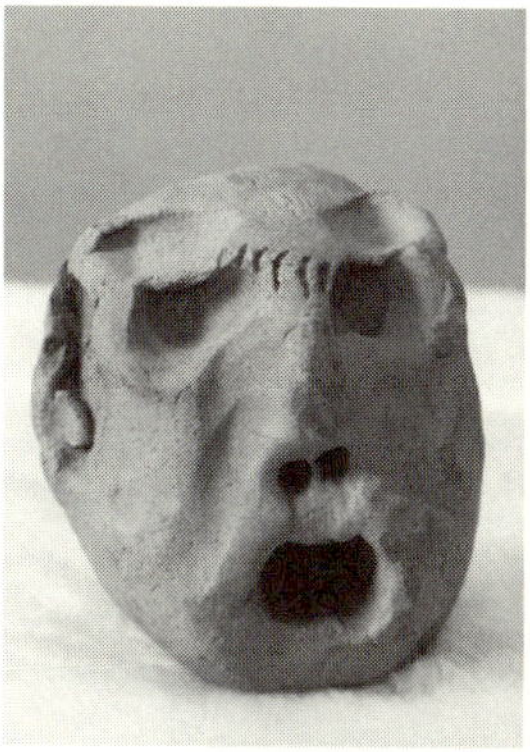

信さんの塑像「男の顔」

安江さん、井上さん共に田中伸尚『ドキュメント昭和天皇』（全八巻、緑風出版）の愛読者だったからお二方と田中さんの出会いは随分昔である。田中ファンの井上さんが『反忠』（一葉社）によって神坂さんや私に出会われたのは必然であった。そのような縁で『鎮魂』の出版は一葉社を選ばれたのであろう。

信さんが好まれた水色のブックカバーに白い手書きの「鎮魂」の題字が清々しい。恵存とある私への献詞は「〈三千大千世界に母と子となりて逅いたる至福信を喪う〉とし枝」。続く二枚の写真は信さんのクレパス画と塑像である。集中にある歌から二首を。

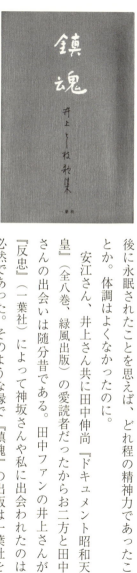

十二才のイマジネーションの男の顔汝がつくり置きたる自がデスマスク
拇《おやゆび》に思いっきり塑《ほ》りたる眼窩眉間の従皺鼻腔口腔の二対の穴の闇

私は亡き三木原ちかさんの短歌からは、世相の裏を衝き唉呵を切るような気魄で詠まれる「歌の力」というものを感じたのだったが、井上さんのはより一層具体的に奥深い洞察力で真理を追求される鋭さに圧倒される。例えば、

『王権をめぐる相剋』を読み了えてソヨ握り潰されしわれらの民主
広大の空間にほやほやと笑みている象徴という仕組の詐術
尾崎行雄「禍根を残す」と激怒せしと憲法第一章の異質を突きて
象徴を光背としてありつげば揺ぎなし光背も保守体制も
戦争の手管を「ガイドライン」とよ言葉の嘘の皮ひんめくれ

明快に言ってのける痛快さ、その通り。散文に優るこの気魄凛々。

井上さんにして不知であった竹内浩三を、田中伸尚さんと私に導かれて知ることができたと、本集の「あとがき」に彼の詩「骨のうたう」の後半を長々と引用して、「竹内浩三の予見、戦後社会

を見抜く眼力、秀れて純粋な若き竹内の予見は今日の日本社会そのものである。（中略）がらがらどんどんと浮かれた膨張主義が何を残したかを考えたい。（中略）天皇教シャーマニズムを根底とする今世紀の戦争の負の遺産は余りにも大きい」と述べられる（二〇〇〇年十二月十七日記）。

私たち二人が逅えたのも絶対者の配剤だと思うと言い、通信三六通、歌稿や散文など一六種、そして頻繁な電話で親しんでくださった。博学の彼女からは教えられる事ばかりだったが、〝わたしの竹内浩三ばなし〟は直ちに井上さんの心をとらえたようで、『鎮魂』の「あとがき」にしっかり遺してくださった。望外の幸せである。

公団住宅の庭にて、とし枝さん84歳（1999年）

本集出版に最後の全力を注ぎ、八十六歳になった井上さんは、骨折とか貧血で入院されることが多くなった。安江良介氏と井上さんの往復書簡の出版ばなしが不発に終わったのはその頃で、井上さんも不本意なことであっただろう。惜しいなと思う。そう言えば、九九年一月六日発行の追悼集『安江良介その人と思想』を私に贈ってくださったのは井上さんなのだけれど、数多のすぐれた寄稿者の中に、眼を皿のようにして探しても井上さんの名は無くて、奇異に感じたのだった。門外漢の私には計り知れない事情があるのだろうけれど、その追悼集に名文を寄せた田中伸尚さんは、文末七行にすっくと井上とし枝さんを登場させて、かつて「安江さんが井上さんに贈られた「忠恕の人」を、私はいまそっくり安江さんに贈りたい」と結ばれている。胸が熱くなり涙が滲む。

会報「五〇番地」に田中さんが『鎮魂』の評を書かれたのを井上さんは「完璧、言いつくしてある」と病院から弾んだ電話があった。

その田中さんの評に「(井上さんの歌集は)この半世紀の日本と朝鮮を中心とした東アジアの近現代史を歌で読むがごとくである」とあって、私もその通りと、時代が立ち上がるような思いで読むのであった。短歌の世界では異質で、疎外されそうな三冊の歌集を前にして、歴史を証言する紙碑としてよくぞ遺してくださったと、改めて思うのである。

顔こちら向きつつ過去へひた退《すさ》る全速巻き戻しの近現代日本

亡くなられる八日前の朝、私は井上さんの夢を見た。道ばたの切株に腰かけておられて、私は「まあ、お元気になられて」と頬に触れながら話しかけているところで目がさめた。

それから九日後の朝、一葉社の和田悌二さんからの電話で井上さんが十一月二十六日に亡くなれたと知らされた。あの朝、井上とし枝さんは私に逢いに来てくださったのだ。

人なつこい笑顔の童女のようなとし枝さんを今もありありと思い出す。素敵な出逅いを有難う。

あとがき

母が短歌をたしなんでいたからであろうか、私自身は歌を作らないのに朝日歌壇は欠かさず見ている。四人の選者による四十首は、その時代の社会問題を浮き彫りにする民衆の歴史だと思う。核心を衝く社会詠などがあると必ずノートに書きとめている。

ホットなニュースはたちまち謳われて歌壇に登場する。例えば、「核兵器廃絶キャンペーン」（ICAN）への二〇一七年ノーベル平和賞授賞式で、記憶に残るすばらしい講演をされた被爆者のサーロー節子さんと会場の情景を、〈サーローさん核は絶対悪と説く心の叫びに会場総立ち〉（諏訪兼位、『朝日新聞』二〇一八・一・一五朝刊）とすぐに歌壇に入る。この短い言葉のなかに、唯一の被爆国であるのに「核兵器禁止条約」の批准を拒否し続ける日本政府への批判もよみとれるのだから「歌の力」は凄い！

第八章の三木原ちかさんは、私がノートに書きとめた一首が奇蹟のような出会いをもたらしたのであったが、その「歌の力」に助けられて書き進めた第十章の井上とし枝さんもまた然りであった。

歌と言えば、〈是れに増す悲しき事の何かあらん亡き児二人を返せ此の手に〉と戦死した息子二人を憶い続けた母の悲憤が、私の血となり肉となっていた。大待宵草の黄金の花が咲く川原で、母が二人の息子の名を叫んだ情景を重ねて、この本の書名を『母の憶い、大待宵草』としたのだった。とはいっても、神坂哲・玲子夫妻の「箕面忠魂碑違憲訴訟」への誘いがなければ、そしてそれからの展開がなければ、絶対に出逅えていなかったと思われる人を六人、そこへ「戦死ヤアハレ」と戦場に消えた兵士・竹内浩三さんに、父母と夫を加えて十人を書いた。

その人たちは、私という幹を育てた根っこのような存在で、その木に枝葉を繁らせてくれた多くの人々に学び、励まされ、支えられた。生き甲斐のある日々であった。優柔不断な私に手をさしのべ導いてくれた人たちのお陰で、この四十年間、闘いの仲間から外れずに進むことができたのだと思う。

「箕面忠魂碑違憲訴訟」では、反天皇制、反靖国という八方ふさがりの訴訟に何とか光の穴をあけようと長期間共に闘った弁護士さんたち、戦後いち早く立ち上がった婦人民主クラブ＝ふぇみんの組織ぐるみの支援、後の靖国訴訟でも数えきれない大勢との共闘があった。それは子どもだったとはいえ、アジアを侵略した国、大日本帝国の国民であった私なりの償いを表わす生き方である。

先日、息子が「お母さんは人生の後半で青春をやっているね」と言った。そんなふうに私を見てくれているんだなあと眼がうるんだ。卒寿を過ぎてなお「青春」。多くのよき人々に出逅えたおかげさまである。

げさまである。

反天皇制市民１７００ネットワークの徐翠珍さんから、私の連載を本にと勧められたとき、とんでもないと断ったのだが、私の「お宝」である得難い出会いは、いわば今を生きるひとりの人間の「おもい」であって、残さなければ消えてしまうのだと気付いて本にすることを承諾したのだった。

連載に伴う重複や駄文の整理、注など白澤社の吉田朋子さんのていねいな編集ぶりに感激。

「跋」は、先鋭且つ名文の作家、田中伸尚さんが書いてくださるということで、拙いわが作品に少しは箔が付いたかなと罰当たりなことを考えている。

本にすることを勧めてくださった反天皇制市民１７００ネットワークの菱木政晴さんと事務局の皆さん、はじめての出版に力を添えてくださって誠に有難うございました。

そして、私の拙い作文におつき合いくださった読者の皆さん、有難うございました。

二〇一八年一月

古川佳子

跋　過去が朝《あした》くる前に

田中伸尚

今日七月一五日は入院一三日目。少しずつよくなっているそうです。棺おけに足を掛けたのに、もうちょっと働けということらしくて、集中治療室の女医さんや多くの看護師さんと親しくなり、ブックレットの宣伝とヤスクニのことをチラッチラッと話しています。

私は恢復期のリハビリに初体験と弾んでいます。よほど重態だったとみえて、退院は来週か。

朝５：30、明るくなる大空と山なみと林とそびえ立つ水のタンクと病院の白い建物の群れが、窓枠に納まって穏やかです。

ヤスクニ裁判を大っぴらに話しています。

いま、こんなところで夏季休暇中なんだなんて、全くもう！

二〇一五年夏、心筋梗塞で倒れ、大阪・吹田の循環器センターに入院していた古川佳子から届いた二通のはがきの一節である。生死の境目にあった集中治療室で、医師や看護師に拙著の岩波ブックレット『いま、「靖国」を問う意味』を宣伝し、自らも原告になっていた安倍晋三首相の靖国神社参拝違憲訴訟のことを医師や看護師らに少しずつ、やがて大っぴらに語っていると愉快そうに記す。やさしさとほほえましさと逞しさ、時にユーモラスで、古川の人柄が滲み出て深刻な病いを飲み込んでしまっているかのよう。

お変わりありませんか。度々のおたよりを頂きながらあきれるほどのご無沙汰、ご無礼、どうかおゆるしください。

循環器センターでは申し分のない結構な避暑でした。あげ膳すえ膳のご馳走、見あきない窓外の風景、リハビリ棟での歩行、自転車こぎ、あとはたっぷりの時、思いがけない贅沢な四〇日でした。〔……〕

博兄の「朝日日記」が思いがけず、ブックレットに引用されて〔竹内〕浩三さんの比ではないけれど、自由を渇望した青年の本心の現われを、兄はよく書き留めておいてくれたと思いました。

兵隊から帰って再び読むことがあろうかと、それを思った兄ではなく、他人さまが読んで下さったことは有難いことです。

博兄の「生」に陽の目を当てていただきました。私と、姉、妹以外には知る人の居ない寡黙な博兄でした。〔……〕

入院前に這うようにして植えておいた夕顔が、去年と同じように夜ごと仄かに沢山咲いています。洲本の川べりの一軒家で、父と母が竹垣に咲かせていたのを野良帰りの人たちが楽しんで見ていたのを想い出します。

真っ白いジンジャーは胡蝶のような花を吹き出します。黄色いカンナ、紅蜀癸《こうしょっき》（モミジアオイの別名）、けいとう。あと幾年、この庭を愛でることが出来るかなあ――。ルリ色のハナトラノオも咲き出しました。

晩夏から初秋へ移りゆく九月初めに退院した直後の便りである。箕面の自宅の広い庭で育てているさまざまな草花を慈しみ、その移ろいを丹念に記す彼女の手紙には、いつも季節の香が入れられている。古川は庭の夕顔と大待宵草《おおまつよいぐさ》の花の中で川風に吹かれながら母を偲ぶのだと「母、和子の戦後」の章で記している。母は戦地に果てたわが子を忘れじと、暫し暮らした淡路・洲本の川原に茂る大待宵草の中で想いの滾《たぎ》る二人の名を、声を限りに叫んだという、その個所（五六頁）を声にして読んで見る。私の涙腺は、肺腑から搾られた泪で溢れてくる。

退院後、何事もなかったかのように――実はそうではないのだが――箕面に戻ってきた古川は、『反天皇制市民1700』に書き継いでいた「よき人々との出会い」で竹内を取り上げ、最終回で短歌的抒情を排し、時代と社会を抉る歌を詠みつづけた、手だりの歌人・井上とし枝を書き上げる。古川のカジュアルで、しなるようなエネルギーは尽《じん》がない。

記憶はやや朧《おぼろ》だが、彼女が回復して一年後ぐらいだった。私は、古川の連載をより多くの人に読んでもらいたいので、本にしてはどうかと同誌の編集を担っている事務局の女性に提案した。井上の書かれる前だったが、古川の両親、夫から三木原ちかに至る人びととの出会いについての彼女の温もりのある語りは、個人を翻弄し続けた近現代の国家と戦争を太い軸に、それぞれの抗いの生をあざなわせ、巧まずして現在と過去との対話になっていたからである。天皇制という途方もなく厄介なシステムをしっかと見据えてもいた。

一九九四年の梅雨の候だった。日本遺族会の半世紀を追う取材で箕面忠魂碑訴訟の原告の中心だった神坂玲子を訪ねた私は、その時初めて訴訟の組み立てから準備書面の執筆、証人尋問までこなしていたのが彼女の夫の哲だと教えられた。彼はしかし八六年に亡くなっていた。そうだったのかと、その遅れを声に出したいほど悔やんだ。その場で渡された「神坂哲追悼集」に私は臍を噛む思いで目を落とした。取材の場に同席していた古川が自転車を引いて私を阪急箕面駅まで見送る道すがら、不意につぶやいた。

「神坂さんて、ほんまに凄い人やったんですよ……」。

古川の語り口はゆるりとしていたが、私の胸底を見透かしたような響きがあり、ドキッとした。

二年後、私は神坂哲の評伝『反忠』を書く。取材の中で二人の息子を戦争で喪った古川の母の底ひなき哀しみを知る。若いころから短歌に親しんでいた母が二人の子の戦死をほとんど同時に伝えられた後に詠んだ歌は「母、和子の戦後」の章で語られてある。忠魂碑訴訟の法廷でも読み上げられた。

〈是れに増す悲しき事の何かあらん亡き児二人を返せ此の手に〉。わが子を深い愛情でくるみ、哀しみと憤怒が渾然一体となって炎《ほむら》のように燃え上がる。激情が奔出するこの歌は、読む者の心臓を鷲づかみにする。絶唱である。母は愛しいわが子を奪った正体の核心を見据え、娘は母の深い悲哀と瞋恚《しんい》に伴走していく。天皇を直《ひた》と見つめて。

神坂玲子の誘《いざな》いと母の歌を心の視野に染みこませて箕面忠魂碑訴訟に取り組む中で古川の世界は広がり、射程はぐいぐい伸びていく。兄たちの戦死とアジアの被害者が結びつき、彼らを「英霊」として讃え続ける靖国神社の虚構を彼女が見抜いたのは、だからごく自然だった。その先には、靖国神社に祀られている二人の兄を「返せこの手に」と母と一身になった「合祀取消し訴訟」があった。忠魂碑訴訟は古川に多くの「宝物」のような「出逅い」を連鎖的にもたらす。

竹内浩三――満でいえば二三歳で戦地に果てた彼は、古川佳子が出会った「よき人々」のうちで、戦死した兄との関係で彼女の後半生にとって決定的に重要な存在としてありつづける。しかしそれだけではない。古川が竹内に惹きつけられたのは、直接的には次兄の所属していた筑波の空挺部隊と竹内が同じ部隊だったことを知ったからだが、彼の天衣無縫《てんいむほう》の感性、天翔《あまか》けるような想像力に接してからはその魅力に引き込まれていく。竹内に出会って古川の心の領域はより広く、豊饒になる。表題として取り上げられている一〇人の「よき人々」の中で、生きた人として彼女が直にことばを交わせなかったのは竹内だけだが、その彼に最多の四六頁を割いている。竹内の感性と彼女のやわらかで、ふくよかな心性が響き合い、ほっておけばまだまだ竹内について語りそうな勢いがある。触れられなかった竹内についてのことは、古川の中には溢れるほど詰まってある。だって古川は、竹内に関する書籍を一八冊も持っているというのだから。古川から竹内を教えられた「よき人々」は、夫の二郎、松下竜一、伊藤ルイ、神坂夫妻、井上とし枝……裁判などに関わらなくても古川から竹内を教えられた人は数限りない。

「赤子／全部ヲオ返シスル／玉砕　白紙　真水　春ノ水」。古川は「「戦死ヤアハレ」、竹内浩三」の章で、詩のようなこの詞を三度も刻むように触れている。彼の軍隊手帳の裏表紙の扉のところに走り書きのように記された詞である（一七九頁写真参照）。とりわけ竹内が「オ返シスル」の前に「全部」と書いているところは、それを神格化された天皇絶対で、戦争の時代という文脈に置くと、これほど端的にかつ象徴的に天皇制からの自由を宣言した詞はないと思わずにはいられない。竹内の衝撃的な詞はしかし、不条理な死と向き合わされた彼の内奥からしぼり出された呻きだった。それに揺すぶられ、それを伝えることが出来たのは、竹内の想像力の行き着いた先と、母の想いと忠魂碑訴訟を通じて古川が得た自由を奪う者への抗いの心性とがぴたっと合ったからである。

母に導かれて古川が忠魂碑訴訟に取り組んでいく道行きは、竹内のこのわずか一〇文字に凝縮された詞に出会うためだったとさえ思うのである。古川が靖国神社に対して二人の兄を「返せ！」と求めていることと、竹内の「赤子全部を返す」というのとはまっすぐにつながっている。

古川は何とも静やかでおっとりとした人である。神坂玲子が持ってきた「忠魂碑に異議あり」に出会うまでは、もっぱら「家庭の人」だった。だから忠魂碑との闘いを始めてから、がらっと変わったように思われがちだが、そうではない。「よき人々」の一人、松下竜一が古川の母を描いた名作『憶ひ続けむ』の中になるほどと、合点のゆく話が出てくる。

次男が高校生のころに、七〇年安保と高校生の政治活動規制反対を主張して校門前でハンストをした。学校側は止めさせたい。その場面を古川は松下宛の手紙の中で書いている。

「先生方から、おかあさんの説得でやめさせてくださいといわれたとき、わたしは思わず、それはできませんって、答えてしまいました。不思議ですね。考えて答えたというより、先に言葉が飛び出したみたい……」

天性のような個の自由を尊ぶ、古川の地の精神を伝えてあまりある。「よき人」である、古川は。

二〇一八年の初めての便りでも古川は、季節を運んできてくれた。

庭の千両は去年もいっぱい赤い実がついて、年末には、友人やご近所にいつものように配れるわ、と思っていましたのよ。ところが、私があまり庭に下りないのを見透かしたかのように鳥たちが失敬してしまいました。気付いた時はもう半分くらい無くなっていて、きっと山野に餌が少ないのだろうと思いました。

「天下これよりますます多事なるべく候」。

一二人が国家に殺された「明治大逆事件」で衝撃を受けた徳冨蘆花は、東京朝日新聞社主筆の池辺三山《さんざん》に宛てた書信の中でこう記した。蘆花が予測したように帝国日本は、戦争国家の道を疾駆していく。――安保法制、共謀罪、天皇代替わり、改憲――酷似している現在、私たちは古川と、「よき人々」に出会い、記憶しつづけねばならない。

（文中敬称を略させて頂きました）

《著者》古川佳子（ふるかわ よしこ）

1927年大阪生まれ、二男三女の次女。兄二人は戦争末期に相次いで戦死。46年古川二郎と結婚し、二男一女を育てる。箕面の自宅近くの忠魂碑移設について、神坂夫妻の呼びかけで夫とともに違憲訴訟の原告の一人となる。82年の地裁判決での画期的勝訴ののち、怒濤の日々を過ごす。出会ったよき人々との交流を『反天皇制市民1700』に15回連載し、本書となる。

《跋》田中伸尚（たなか のぶまさ）

1941年東京生まれ。新聞記者を経て、ノンフィクション作家。
本書に関連した著書に、『これに増す悲しきことの何かあらん――靖国合祀拒否・大阪判決の射程』(七つ森書館)、『反忠――神坂哲の72万字』(一葉社)等。そのほか『ドキュメント憲法を獲得する人びと』(第8回平和・協同ジャーナリスト基金賞)、『大逆事件――死と生の群像』(第59回日本エッセイスト・クラブ賞)、最新刊に『囚われた若き僧 峯尾節堂――未決の大逆事件と現代』(いずれも岩波書店) 等、著書多数。

母《はは》の憶《おも》い、大待宵草《おおまつよいぐさ》――よき人々《ひとびと》との出会《であ》い

2018年3月30日　第一版第一刷発行

著　者　古川佳子
跋　　　田中伸尚
発行者　吉田朋子
発　行　有限会社 白澤社《はくたくしゃ》
〒112-0014　東京都文京区関口1-29-6　松崎ビル2F
電話 03-5155-2615／FAX 03-5155-2616／E-mail：hakutaku@nifty.com
発　売　株式会社 現代書館
〒102-0072　東京都千代田区飯田橋3-2-5
電話 03-3221-1321㈹／FAX 03-3262-5906

装　幀　装丁屋 KICHIBE
印刷・製本　モリモト印刷株式会社
用　紙　株式会社市瀬